Ernst Goll

# Im bitteren Menschenland

## Das gesammelte Werk

Mit Vorwort, Lebenschronik und editorischem Apparat
herausgegeben von Christian Teissl



LITERATUR

Ernst Goll, Windischgraz 1908

Ernst Goll

# Im bitteren Menschenland

## Das gesammelte Werk

Herausgegeben von Christian Teissl

LITERATUR

*Herausgeber und Verlag danken*
*für die großzügige Förderung der Publikation durch*

*das Land Steiermark,*
*die Firma Iason (Graz)*
*und den Grazer Stadtrat Michael Grossmann*

Goll, Ernst:
Im bitteren Menschenland. Das gesammelte Werk. Hg. von Christian Teissl

4. Auflage 2012
ISBN: 978-3-86815-570-9

www.igelverlag.com

Umschlagbild Frontcover: © Gert Christian: „Ihr, die ihr blinden Aug's vorüberzieht", Nr. 6 aus dem 37-teiligen Zyklus „… eines Weinberges in Auera" zu Ernst Goll (1960/61)
Backcover: Faksimile der Handschrift Ernst Golls („Schwerer Sommer", 1911, Nachlass Goll, © Steiermärkische Landesbibliothek, Graz)
Die beiden Autorenfotos auf Seite 15 stammen aus den Nachlässen von Bruno Ertler und Julius Franz Schütz und werden hier mit freundlicher Genehmigung der Steiermärkischen Landesbibliothek veröffentlicht.

Satz und Redaktion: Inga Waßmuß
Igel Verlag Literatur & Wissenschaft ist ein Imprint der Diplomica Verlag GmbH
Hermannstal 119 k, 22119 Hamburg

Die Deutsche Bibliothek verzeichnet diesen Titel in der Deutschen Nationalbibliografie.
Bibliografische Daten sind unter http://dnb.d-nb.de verfügbar.

## Inhalt

# Vorwort des Herausgebers

Aus Ernst Golls Werk, das hier erstmals in chronologischer Ordnung und größtmöglicher Vollständigkeit vorgelegt wird, spricht weder ein Frühvollendeter noch ein Zu-Spät-Geborener, weder ein Neutöner noch ein Nachahmer alter Meister und Muster, weder ein naives Naturtalent aus der Provinz, unberührt vom literarischen Geschehen seiner Epoche, noch ein altkluger Kenner und Könner, bewandert in allen Stilen und Literaturen, weder ein Bürgerschreck aus gutem Hause, hungernd nach Aufmerksamkeit, noch ein elitärer Schöngeist, der alles verachtet, was mehr als nur einer Handvoll Eingeweihter gefällt.

Mit der Sphäre zu brechen, der er entstammte – dem deutschsprachigen Bürgertum einer kakanischen Kleinstadt –, wollte und konnte ihm, der selbst so zerbrechlich war, nicht gelingen; dem Geist seiner Zeit, einer Zeit voller Aufbruch und Untergang, Klassenhass und Völkerzwist, entschlossen den Kampf anzusagen, war ihm nicht gegeben. Er war kein Revoluzzer, kein Aufrührer und Umstürzler, weder in seinem Satz- und Versbau noch in seiner Lebensweise, und dennoch ist seine Dichtung über weite Strecken Ausdruck einer stillen Revolte, ist fast von Anfang an ein Akt der Auflehnung, das Zeugnis einsamen Aufbegehrens: Den Gesetzen des Vaters stellte er das Preislied der Jugend entgegen; der Sprache des 19. Jahrhunderts ging er auf ihren Grund und geriet dabei unversehens in die Nähe des Expressionismus; zur deutschtümelnden Männerwelt, in der er sich während seiner Grazer Studienjahre vornehmlich bewegte, schuf er sich mit seinen Mädchenliedern das nötige, heilsame Gegengewicht, und anstatt sich vom viel zitierten „Ernst des Lebens" unterjochen zu lassen, blieb er fast bis zuletzt das „Nestlkind" und widersetzte sich auf diese Weise dem allgemeinen Zwang, erwachsen zu werden.

„Die Erwachsenen leben ja nur in der Einbildung, und die Kinder leben wirklich, das ist der Unterschied", bemerkte Thomas Bernhard in seinen „Monologen auf Mallorca". Was für Bernhard nur eine von vielen rhetorischen Übertreibungen gewesen sein mag, für Goll war's eine Lebensmaxime, die er mit großer Konsequenz verfolgte und die seine dichterische Entwicklung bestimmte. Dass jede Kindheit – und so auch die seine – zwangsläufig zu Ende geht, empfand er als ein Verhängnis, als eine einzige Zumutung, einen ungeheuren Skandal, und sich kraft der Musik der Worte, mit Rhythmus und Reim, mit schlichten, klaren, schmerzwachen Versen und Strophen dagegen zur Wehr zu setzen, wurde zu seiner Lebensarbeit. Durch den ständigen schöpferischen Umgang, den er mit so abgegriffenen Worten wie „Morgen" und „Abend", „Blume" und „Stern", „Glück" und „Tod" pflegte, gelang es ihm nach und nach, die Ordnung der Dinge auf einem Blatt Papier außer Kraft und seine eigene poetische Ordnung an ihre Stelle zu setzen, in der allein es ihm möglich war, das Wenige an Schonzeit, das ihm von den herrschenden Verhältnissen zugestanden wurde, zu verlängern um zwei, drei entscheidende Jahre.

Nicht von ungefähr stellte Goll in den Mittelpunkt seines unvollendeten, fragmentarisch erhaltenen Dramas, das hier erstmals veröffentlicht wird, die 15-jährige Elsa, die von einem Tag auf den anderen von ihrer Kindheit abgeschnitten und gezwungen wird, nicht mehr länger zu „den Kleinen" zu gehören, sondern fortan „eine Große" zu sein. Ohne sie zu fragen, schafft man die Kulissen ihrer Kindheit fort, räumt ihr Kinderzimmer aus und verbannt sämtliches Mobiliar auf eine nahe Insel. Von Sehnsucht nach ihren „alten lieben Sachen" erfüllt, beschließt sie, heimlich hinüberzurudern und ihrem verbannten Kinderzimmer einen Besuch abzustatten. Nach einem Eiland wie diesem sind, wie mir scheint, auch die Verse Ernst Golls unterwegs, als dunkle Boote oder als weiße Schwäne. Was sie in Bewegung bringt, was sie ins Weite, Offene hinausträgt, ist die Sehnsucht. Keine andere Kraft wird von ihm so oft heraufbeschworen und beim Namen genannt, angerufen, umkreist und gepriesen; so gut wie jedes seiner Lieder ist ein Sehnsuchtsgesang.

Man hat es sich früh bereits angewöhnt, seine Poesie ganz und gar im Zwielicht seines frühen tragischen Todes zu sehen, und daraus ergab sich geradezu zwangsläufig eine Lesart, die ihn zum unrettbaren Melancholiker stempelte, zum Todesfixierten. Es ist hoch an der Zeit, von dieser Lesart, die sein geistiges Profil verschleiert, Abschied zu nehmen. Liest man Golls Werk einmal nicht vom Ende, sondern von seinen Anfängen her, so wird man in ihm nicht mehr länger eine romantische Kapitulation vor dem Dasein erkennen, sondern ein teils beglückendes, teils bedrückendes, so trotziges wie tragisches Ringen um genau jenes

„wirkliche Leben", das nach Bernhard einzig und allein die Kinder zu führen verstehen.

*

*Der literarische Nachlass Ernst Golls ist im Besitz der Steiermärkischen Landesbibliothek. Ihren Mitarbeiterinnen, namentlich Frau Susanne Eichtinger und Frau Elisabeth Kähling, die mir die Arbeit an dieser Ausgabe durch ihre freundliche, unbürokratische Hilfsbereitschaft ungemein erleichtert haben, gilt mein besonderer Dank.*
*Für ihre wertvolle Unterstützung sei auch den Verwandten des Dichters in Slovenj Gradec, der Familie Štumpfl, herzlich gedankt.*

Christian Teissl

1887 Am 14. März wird Ernst Goll in Windischgraz/ Herzogtum Steiermark (heute Slovenj Gradec/ Slowenien) geboren, als Sohn von Anna, geb. Orosel, und Ernest Goll, Postmeister und Hotelier in Windischgraz.

*Gedenktafel am Geburtshaus E. Golls*

1892 Tod der Mutter (am 31. März). Der Vater heiratet danach ein zweites Mal. Aus dieser zweiten Ehe mit Antonie Steinschegg stammen die drei Halbgeschwister des Dichters (Alfons, Hans und Karl).

1897 Übersiedlung des Zehnjährigen nach Marburg an der Drau (heute Maribor/ Slowenien); Eintritt in das dortige K.K. Staatsgymnasium. Die Unterrichtssprache an dieser Schule ist „utraquistisch, und zwar in den A-Klassen des Unter- und in allen Klassen des Obergymnasiums deutsch, in den B-Klassen und in der I. C-Klasse des Untergymnasiums in Religion, Latein und Mathematik, ferner in Slowenisch für Slowenen in allen Klassen slowenisch."[1]

1903 Beginn des Briefwechsels mit Elsa Hofmann, einer Mitarbeiterin im Postamt von Windischgraz. Sie wird für Ernst Goll zur

1 Zit. nach den damaligen Jahresberichten des Gymnasiums.

mütterlichen Freundin und Vertrauten. „*Wohl aber korrespondiere ich recht eifrig mit Frl. Elsa; da setz ich mich einfach hin, und schreibe und schreibe in einemfort, wie die Gedanken kommen und gehn, über Lebensansichten, Litteratur, Neuigkeiten u.s.w. bunt durcheinandergewürfelt und wenn ich dann endlich mit meinen Gedanken zu Ende bin und schließe, merke ich, daß ich oft 4, 8, 10 Seiten angeschmiert habe.*“ (E.G. in einem Brief an Unbekannt vom 16. Oktober 1903)[2]

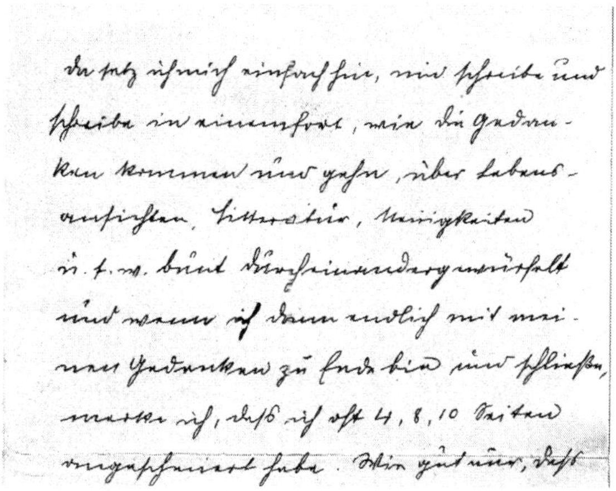

da setz ich mich einfach hin, und schreibe und
schreibe in einemfort, wie die Gedan-
ken kommen und gehn, über Lebens-
ansichten, Litteratur, Neuigkeiten
u.s.w. bunt durcheinandergewürfelt
und wenn ich dann endlich mit mei-
nen Gedanken zu Ende bin und schließe,
merke ich, daß ich oft 4, 8, 10 Seiten
angeschmiert habe.

*Die Handschrift des Gymnasiasten in einem Brief vom 16.10.1903*

Aus demselben Jahr stammt auch der älteste erhaltene literarische Text aus Golls Feder, das Gedicht „Es war einmal …“ (datiert mit 27. September).

1904 Erste Anerkennung für Golls dichterische Versuche: Er erhält für einige seiner Gedichte einen Preis der Schillerstiftung seines Gymnasiums. Die Chronik des Studienjahres 1904 vermerkt dazu Folgendes: „Am 15. Juli wurde das heilige Dankamt vom Herrn Prälaten und Domdechanten Karl Hribovšek zelebriert, nach demselben die Preise der Schillerstiftung den Schülern

2 Goll-Sammlung im Nachlass von Prof. Hubert Fussy. Für die großzügige Bereitstellung dieses Materials danke ich Hortensia Fussy sehr herzlich.

Goll Ernst und Lešničar Johann der VII. Klasse überreicht und das Schuljahr mit der Zeugnisverteilung geschlossen."

1905 Beginn einer kontinuierlichen lyrischen Produktion. (Ab Februar entsteht eine Reihe von Gedichten, die zum größten Teil erst 1947, im Rahmen einer erweiterten Neuausgabe von Golls Werk, veröffentlicht werden.)
Am 21. September besteht er die Reifeprüfung. Er übersiedelt nach Graz und beginnt dort, auf Drängen des Vaters, mit dem Studium der Rechte. Zum Zeitpunkt der Inskription wohnt er provisorisch im Haus Keplerstraße 8, Ende Oktober jedoch bezieht er ein Zimmer[3] im dritten Stock des Hauses Burggasse 5. Zu diesem Zeitpunkt sucht er bereits den Weg an die Öffentlichkeit, knüpft Kontakte zu verschiedenen regionalen Zeitungen. So vermeldet er am 29. November Elsa Hofmann voll Stolz: „*In diesen Tagen erscheint eins oder mehrere von meinen Gedichten in den ‚Freien Stimmen'. Ich werde Ihnen das Blatt nach Windischgraz senden. Wie sich wohl gedruckt ausnehmen wird, was ich einmal in Tränen geschrieben?*"[4]
(Bei dem genannten Periodikum handelt es sich um die „Deutsche Kärntner Landeszeitung", die als „Organ der Fortschrittspartei in Kärnten" zwischen 1881 und 1938 herausgegeben wurde. Veröffentlichungen Golls in dieser Zeitung sind allerdings nicht nachweisbar.)

1906 Goll erlebt am Grazer Stadttheater (der heutigen Oper) die euphorisch aufgenommene österreichische Erstaufführung von Richard Strauss' Oper „Salome" – für ihn ein beglückendes Theatererlebnis: „*Musik in der Art hört man nicht alle Tage – weniger lieblich und schön als großartig, aufregend und packend. Und diese raschen Unterschiede. Johanaans Bibelworte rührend und verklärt,*

3 Dort ist Goll ab dem 27. Oktober 1905 gemeldet (Meldekarteiblatt Ernst Goll, Stadtarchiv Graz).

4 Die Kenntnis der Briefe Ernst Golls an Elsa Hofmann verdanken wir dem inzwischen verstorbenen Grazer Germanisten Hubert Fussy. Im Zuge seiner umfangreichen biografischen Recherchen für eine leider nie zustande gekommene Goll-Gesamtausgabe um 1970 hat er die seinerzeit in privatem Besitz befindlichen und heute unauffindbaren Briefe eingesehen und umfangreiche Exzerpte angefertigt. Nach ihnen wird hier zitiert.

*dann wieder der göttliche Sinnentaumel. Und diese erschütternden Tonstufen bei Herodes' Ausgleiten im Blut, in der Henkersʒene usf. – Der Schluß über alle Maßen schön: Johanaan, ich habe deinen Mund geküßt! – Wenn der Vorhang sinkt, bleibt eine Weile alles in den Plätzen – gleichsam erstarrt. Jenny Korb überbot sich selbst – und alles stimmte wirkungsvoll zusammen. – Selbst Papa war begeistert. Ich möchte die Salome noch zehnmal sehn.*" (Brief an Elsa Hofmann vom 10. Juni 1906)[5]

Im Spätherbst übersiedelt er zu der ihm freundschaftlich verbundenen Familie Rödling in die Alberstraße 18 – seine zweite und letzte Grazer Adresse.[6]

*Die Alberstr. 18 in Graz mit Gedenktafel vorne links*

1907 Goll wechselt das Studium. In einem Brief vom 22. Februar an seine mütterliche Freundin jubelt er: „*Ihr Nestl studiert nicht mehr sein gräßliches Jus, sondern sein über alles geliebtes Deutsch. Endlich, endlich! Das große Glück hat mir den Mut gegeben, diesen Schritt zu wagen. Nun ists getan und mir ist, als läuteten Glocken auf allen Wegen.*" Ab dem Sommersemester 1907 belegt er Germanistik und Romanistik. Zu seinen Lehrern zählt der damals weithin bekannte Germanist Anton Emmanuel Schönbach (1848–1911).[7]

---

5 Vgl. dazu Hubert Fussy: Ernst Golls Begegnungen mit Dichtung und Musik. Ein Beitrag zum steirischen Kulturleben des beginnenden 20. Jahrhunderts. In: Die andere Welt. Festschrift für Hellmuth Himmel. Bern 1979, S. 215–230. Golls Brief vom 10. Juni 1906 wurde im Rahmen dieses Aufsatzes zum ersten Mal publiziert. – Zu Vorgeschichte und Rezeption dieses theatergeschichtlich bedeutsamen Ereignisses vgl. Gerhard Dienes: „Es war Jubel über Jubel gewesen" (Alma Mahler). Zur österreichischen Erstaufführung der Salome von Richard Strauss am 16. Mai 1906 in Graz. In: Historisches Jahrbuch der Stadt Graz 36 (2006), S. 163–190.

6 Unter dieser Adresse ist er ab 16.11.1906 gemeldet (Meldekarteiblatt Ernst Goll, Stadtarchiv Graz). Im Jahr 1965 wurde, auf Veranlassung des Steirischen Schriftstellerbundes, an der Fassade dieses Hauses eine Gedenktafel für Ernst Goll angebracht.

7 Bei Schönbach besuchte Goll u. a. die folgenden Lehrveranstaltungen: Altdeutsche Metrik

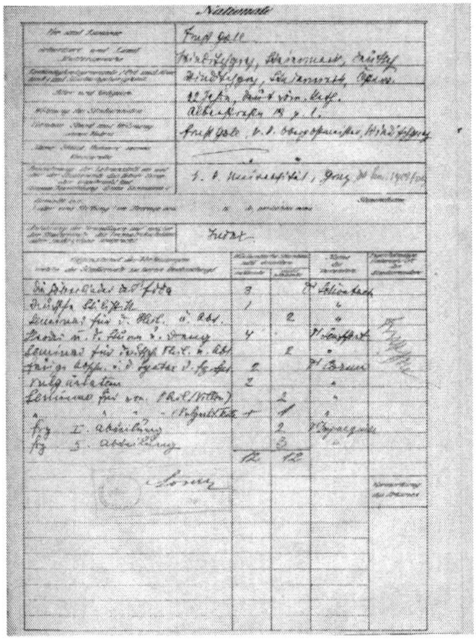

*Ernst Golls Nationale für das Sommersemester 1909*

1908 Goll lernt Berta Auer kennen, die Tochter einer Grazer Kaufmannsfamilie. Sie wird zu seiner großen Liebe, seiner Muse und Weggefährtin, zur „Adorata“ in seinen Gedichten.

(SS 1907); Erklärung der ‚Germania‘ des Tacitus (WS 1907/08); Geschichte der deutschen Heldensage und des Nibelungenliedes (WS 1908/09); Erklärung des ‚Gregorius‘ Hartmanns von Aue (WS 1908/09); Die Götterlieder der Edda (SS 1909); Deutsche Stilistik (vornehmlich für Lehramtskandidaten) (SS 1909). Bei Bernhard Seuffert, dem Vertreter des „Neuen Faches“ und der zweiten prägenden Figur der Grazer Germanistik jener Jahre, besuchte er u.a.: Einführung in Wesen und Form der Poesie (SS 1907); Geschichte der deutschen Literatur vom westfälischen Frieden an (WS 1907/08); Lessing (SS 1908); ein Seminar über das Deutsche Drama des 19. Jahrhunderts (SS 1908); Die deutsche Literatur zur Zeit Klopstocks und Wielands (WS 1908/09); Herder und die Sturm- und Drangzeit der deutschen Literatur (SS 1909); Die deutsche Literatur der klassischen Zeit (WS 1909/10) sowie ein Seminar über die Dramen Kleists und Grillparzers (WS 1909/10). Außerdem besuchte Goll Ringvorlesungen des damals ebenso populären wie umstrittenen Kunsthistorikers Josef Strzygowski, dessen Werk „Die bildende Kunst der Gegenwart – Ein Büchlein für jedermann“ soeben erschienen war. (Golls sämtliche Inskriptionsblätter, die sog. „Nationalen“, befinden sich im Universitätsarchiv der Karl-Franzens-Universität Graz; für die Möglichkeit der Einsichtnahme wie auch für manche hilfreiche Information danke ich Herrn Dr. Andreas Golob.)

1909 *„Mein Leben steht nun voller Arbeit. Aber es ist diesmal ein abgerundetes Feld, so daß sich die Fortentwicklung leicht absehen läßt und für die angewandte Mühe entschädigt. [...] Alles, was ich in den ersten Jahren als höchstes Ziel ersehnt, ist heuer eingetroffen, wo ich aber – o Ironie des Lebens! – nicht allzu viel Zeit daran setzen darf: Bücher aus hundert öffentlichen und Privatbibliotheken, Freiplätze im Theater, Verkehr mit der ganzen Aristokratie des Geistes dieser Stadt."* (Brief an Elsa Hofmann vom 18. November 1909)
Spätestens zu diesem Zeitpunkt muss Goll Aufnahme in den Akademischen Richard-Wagner-Verein, einer 1907 an der Grazer Universität gegründeten studentischen Kulturvereinigung, gefunden und dort die Bekanntschaft des jungen, später weltberühmten Komponisten Joseph Marx (1882–1964) sowie der gleichaltrigen Dichter Bruno Ertler (1889–1927) und Julius Franz Schütz (1889–1961) gemacht haben.

*Bruno Ertler*

*Julius Franz Schütz*

Mit Ertler und Schütz verbindet ihn alsbald enge Freundschaft. Zu seinem Freundeskreis gehören ferner der Landesbeamte und Schriftsteller Wolfgang Burghauser (1883–1938), der Kriminologe Heinrich Kalmann (1887–1948), der Jurist Fritz Oberndorfer (1878–1969) und der Bibliothekar und Literaturhistoriker Max Pirker (1886–1931).
Joseph Marx zeichnet später, in einem Interview der 1950er Jahre, das folgende Bild vom Graz jener Jahre: „Graz war in meiner Jugend der richtige Ort für eine künstlerische Entwicklung. Bedeutende Musiker waren hier wie Hausegger, Kienzl

und es waren Uraufführungen der bedeutendsten modernen Werke zu hören [...]. Der südliche Ton der Landschaft und das verträumte Klima von Graz war künstlerisch besonders ergebnisreich. Es regte stark an, wenn man als junger Mensch im Stadtpark einen Spätsommerabend erlebt hat und das Erlebnis war so stark, dass man versucht war, sich damit zu begnügen und nicht noch schöpferische Arbeit zu leisten, in der man die Dinge zu formen versuchte. Gerade diese reichen Stimmungen sind starke künstlerische Anregungen. Die Grazer Hochschule hat immer vielseitige Begabungen unter den Studenten gezeigt. Ich erinnere mich noch meiner Kameraden, von denen wirklich eine Anzahl hervorragende Talente waren."[8]

Im Winter 1909/10 setzt die wohl intensivste Schaffensphase in Golls Leben ein und währt, ohne nennenswerte Unterbrechungen, bis in den Winter 1911/12. In dieser Phase entsteht der größte und bedeutendste Teil seines lyrischen Werks.

Nach dem WS 1909/10 belegt Goll keine Lehrveranstaltungen mehr. Über seinen weiteren Studienverlauf – und über den Existenzdruck, unter den er in zunehmendem Maße gerät – geben die persönlichen Erinnerungen seiner damaligen Verlobten Berta Auer einigen Aufschluss:

„Die Vorwürfe der beiderseitigen Eltern wurden immer unerträglicher, wir trafen uns oft nur heimlich – zum Schluß sollte er seine Dissertation über Sudermann machen und dieser Dichter lag ihm absolut gar nicht, auch jener damalige Hochschul-Prüfungs-Professor war ihm geradezu verhaßt! Bald begann auch ich ihm mehr oder weniger deutliche Vorwürfe zu machen, er solle doch endlich den Doktor machen – wenn dann eine Existenzmöglichkeit da wäre, dann sollen die Eltern reden was sie wollen, wir wären dann ja selbständig u. könnten tun und machen wie wir es wollten."[9]

8 Interview Ernst Ludwig Urays mit Joseph Marx. Undatierte Abschrift (Typoskript, 3 Bl.) im Nachlass Marx; Musiksammlung der ÖNB (Sig.: Misc. 54/XIV/2. Mus).

9 Brief von Berta Tentschert (geb. Auer) an Hubert Fussy, 12.02.1967 (Goll-Sammlung im Nachlass Fussy).

Wie weit Ernst Goll mit seiner Doktorarbeit gekommen ist, bleibt ungewiss; sein Nachlass enthält diesbezüglich keinerlei Unterlagen.

1910 Der Theaterenthusiast Ernst Goll versucht sich als Theaterkritiker und verfasst zwischen Jänner und März drei Rezensionen, die nie veröffentlicht werden, deren Manuskripte jedoch erhalten geblieben sind. Die umfangreichste dieser drei Arbeiten gilt der Uraufführung des Märchenstücks „Narrenliebe" von Ernst von Dombrowski (1862–1917), einem der Wortführer der deutschnationalen Los-von-Rom-Bewegung; die beiden anderen, wesentlich kürzer gefassten Referate handeln von einer Grazer Inszenierung der „Kindermörderin", einem Trauerspiel in sechs Akten des Sturm-und-Drang-Dichters Heinrich Leopold Wagner, und von der Grazer Erstaufführung des Erfolgsstücks „Der dunkle Punkt", einem Schwank des Autorengespanns Gustav Kadelburg und Rudolf Presber.[10] Goll unternimmt diese Rezensionsversuche nicht aus reiner Liebhaberei, sondern mit Blick auf ein konkretes Ziel. *„Im Mai"*, schreibt er an Elsa Hofmann, *„übernehm' ich provisorisch das Schauspielreferat des ‚Tagblatt' für E. von Dombrowski."* (Brief vom 17. März 1910) Mit Golls Namen gezeichnete Theaterkritiken in diesem Blatt, dem Organ der deutschnationalen Partei, lassen sich jedoch für den fraglichen Zeitraum nicht nachweisen.

Zur selben Zeit lernt Goll den Schriftsteller Robert Michel (1876–1957) kennen, einen Freund Andrians und Hofmannsthals und Autor des S. Fischer-Verlages, der zu dieser Zeit in Graz die Korpsoffiziersschule besucht und am kulturellen Leben der Stadt regen Anteil nimmt. Am 7. Mai veranstaltet der Akademische Richard-Wagner-Verein eine Lesung aus den Werken Michels, die Goll mit hoher Wahrscheinlichkeit besucht haben dürfte. Wenig später empfiehlt Michel dem Herausgeber der einflussreichen Innsbrucker Zeitschrift „Der

10 Diese drei theaterkritischen Arbeiten, die nicht zu Golls dichterischem Werk gehören, wird der Herausgeber zusammen mit einem weiteren theaterbezogenen Text aus dem Nachlass gesondert veröffentlichen.

Brenner", Ludwig von Ficker, vier junge Grazer Autoren, namentlich Fritz Oberndorfer, Alfred Fritsch, Leopold Plaichinger – und Ernst Goll. „Gerade infolge des Umstandes, daß es hier [= in Graz] keine Zeitschrift gibt, bei der sie Anschluß suchen wollten, und die Tagespresse ihnen ziemlich verschlossen ist, könntest Du diese junge Grazer Generation an Dein Unternehmen binden", heißt es erläuternd in Michels Empfehlungsschreiben nach Innsbruck. Während er aber Oberndorfer und Fritsch, die in späteren Jahren kaum noch dichterisch hervortreten sollten, ausführlich charakterisiert, liefert er von dem einzigen Dichter des Quartetts lediglich ein Phantombild: „Jung, Germanist. Ich kenne noch nichts von ihm. Von seinen Gedichten hat einige Marx zum Komponieren gewählt, was immerhin ein gutes Zeichen für Goll ist. Er schreibt, glaube ich, auch Prosa."[11]

Für einen Kontakt Ernst Golls mit der Zeitschrift „Der Brenner" gibt es keinerlei Beleg, während zur Frage, ob Joseph Marx, der in jenen Tagen von Graz aus schlagartig bekannt wird und insbesondere als Schöpfer von Liedern begeisterte Aufnahme findet, Verse von Ernst Goll vertont hat oder nicht, widersprüchliche Aussagen existieren. In einem Nachruf auf den Dichter heißt es, übereinstimmend mit Robert Michels Momentaufnahme vom Mai 1910: „Einige Gedichte sind von Dr. Josef Marx meisterhaft vertont."[12] Der Goll-Vertraute Heinrich Kalmann wiederum weiß zehn Jahre später Gegenteiliges zu berichten: „Josef Marx hat aus klarem musikalischen Hören einmal, als die Rede war von der Vertonung Gollscher Lieder, ungefähr gemeint, er könne dazu keine Musik machen, die Lieder seien zu klangvoll und reich, als daß man sie noch vertiefen und ausweiten könnte. Eine Einschätzung, die wertvoll genug Golls Werk kennzeichnet."[13] Als gesichert darf jedenfalls gelten, dass Goll bis zuletzt auf eine

11 Brief vom 28. Mai 1910; das Original befindet sich im Brenner-Archiv, Innsbruck. Für die rasche Übermittlung seines vollen Wortlauts danke ich Herrn Prof. Eberhard Sauermann und Frau Mag. Jennifer Moritz.

12 Grazer Volksblatt, 16. Juli 1912 (Morgenausgabe).

13 Grazer Montagszeitung, 10. Juli 1922.

kreative Zusammenarbeit mit Marx gehofft und sich von ihr viel versprochen hat. Davon zeugt nicht zuletzt sein Marx gewidmetes Gedicht „Namenstagsgruß“ sowie, als einzig verfügbares Überbleibsel einer verloren gegangenen Korrespondenz, ein in der vertraulichen Du-Form gehaltener Brief vom 20. April 1912, in dem er dem Komponisten ankündigt, ihm bei nächster Gelegenheit neue Gedichte vortragen zu wollen.[14]

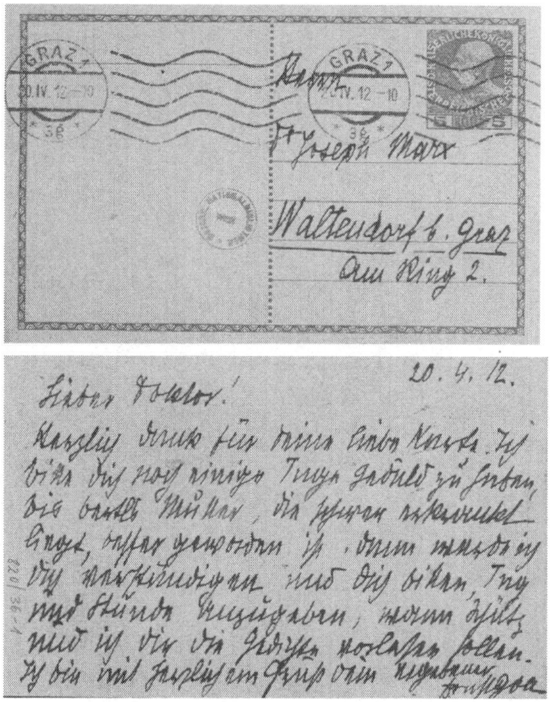


*Schreiben Ernst Golls an den Komponisten Joseph Marx*

Dass Golls Faszination für die Arbeit dieses romantischen Realisten bis in seine Marburger Gymnasialzeit zurückreicht,

14 Dieser Brief findet sich, unter der Signatur „Autogr. 820/36-1“, in der Handschriftensammlung der Österreichischen Nationalbibliothek (Nachlass Marx). Für den Hinweis auf diesen Bestand danke ich Herrn Berkant Haydin.

geht aus den Erinnerungen eines seiner damaligen Schulfreunde hervor: „Musik, besonders solche, die das Gemüt berührte, liebte er sehr! Obschon er sie selbst nicht ausübte, hatte er doch einen überraschend sicheren Geschmack und unterschied genau das Gute vom Schlechten[,] das Wertvolle vom Billigen und Seichten. Durch eine in meinem Elternhaus viel verkehrende Dame, eine Großtante von Joseph Marx, ward uns früh Kunde vom reichen Liedschaffen dieses damaligen Grazer Musik- und Philosophiestudenten […]. Es war eine der Lieblingsabsichten Golls, dem apollinischen Bruder eine Auswahl seiner Gedichte zur Vertonung einzusenden. Ich weiß nicht, ob es dazu gekommen ist.“[15] – Unter den weit über 100 Liedern, die Marx veröffentlicht hat, findet sich jedenfalls nicht eine einzige Goll-Vertonung.

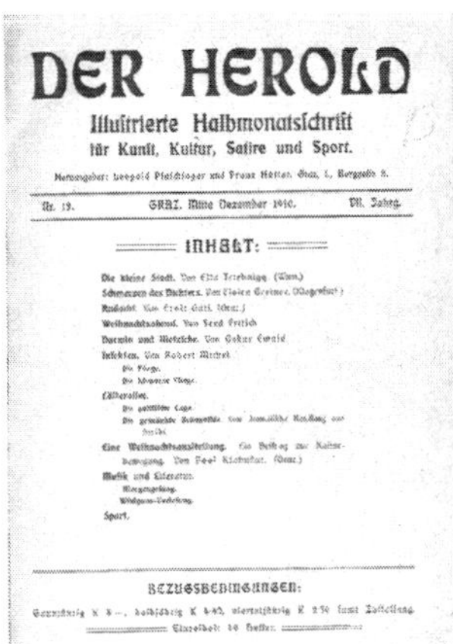
DER HEROLD
Illustrierte Halbmonatsschrift
für Kunst, Kultur, Satire und Sport.

Nr. 19. GRAZ. Mitte Dezember 1910. VII. Jahrg.

INHALT:

Die kleine Stadt.
Schmerzen des Dichters.
Andacht. Von Ernst Goll. (Graz.)
Weihnachtsabend.
Darwin und Nietzsche.
Sport.

BEZUGSBEDINGUNGEN:

Während der „Brenner“ Ernst Goll verschlossen bleibt, bringt die kurzlebige, doch literarisch ambitionierte Grazer Zeitschrift „Der Herold“ in ihrer Dezembernummer sein Gedicht „Andacht“. Es ist die einzige Publikation zu seinen Lebzeiten, die sich bis dato ermitteln ließ.

1912 Erster und einziger öffentlicher Auftritt Ernst Golls: Im Rahmen eines Vortrags- und Liederabends des Akademischen Richard-Wagner-Vereins, der am 15. Februar im Grazer Kammermusiksaal stattfindet, werden von dem Grazer Schauspieler Ernst Sattler 21 Gedichte Golls vorgetragen. Bruno Ertler, von dem bei dieser Veranstaltung ebenfalls Texte zum Vortrag gelangen, notiert zwei Tage später in seinem Tagebuch: „Der

15 Hermann Frisch: Ernst Goll, ein untersteirischer Dichter! In: Der Untersteirer 2/1970.

Abend brachte mir die ersten Lorbeeren. Das ging sehr einfach. Fast zu einfach ging es mir. [...] Aber den Leuten hat es gefallen und sie waren dabei, als die Sachen vorgelesen wurden. [...] Aufgeregt war ich den ganzen Abend so wenig, daß ich mich fast darüber ärgerte. [...] Mein Freund Ernst Goll, der ebenfalls bei dieser Veranstaltung zu Worte kam und einen schönen, verdienten Erfolg hatte, schepperte vor Erregung vorher und nachher. Seine liebe blonde Braut weinte fast vor Glück."[16]

Donnerstag, 15. Februar 1912, halb 8 Uhr abends

RICHARD WAGNER

im Kammermusiksaale zu Graz

**Vortrags- u. Liederabend**

**Sigmund von Hausegger:** Lied des Harfenmädchens.
**Hugo Wolf:** Wanderers Nachtlied.
**Max Reger:** Wenn die Linde blüht.
**Wilhelm Kienzl:** Maria auf dem Berge. — Auf leisesten Sohlen.

Gesungen von Fräulein **Elsa Reimann.** Am Klavier: Herr **Ludwig Uray.**

**Bruno Ertler:** Gebet. — Das Gleichnis von der Treue. — Das Gleichnis von der Liebe. — Frage. — Nachtleben. — Abschied. — Der Weg. — Der Bettler.

Gelesen von Herrn ~~k. k. Universitätslektor Ferdinand Steil.~~

Mein Lied. — Du und ich. — Nächtlicher Gang. — Heimliche Liebe. — Es war. Narrenliebe.

Gelesen von Fräulein **Hilde Mahr.**

**Karl Loewe:** Max' Abschied von Augsburg.
**Wilhelm Kienzl:** An die Nacht.
**Richard Strauß:** Zueignung.

Gesungen von Herrn **Robert Jahn.** Am Klavier: Herr **Alois Kosler.**

**Ernst Goll:** Marientag im September. — Dein Bild. — Ein Brief. — Verlöbnis. — Glück. — Tiefes Glück. — Jubel. — Ahasver. — Herbstliche Fülle. — Königszug. — Das schöne Bild.

Gelesen von Herrn ~~k. k. Universitätslektor Ferdinand Steil.~~

Andacht. — Abend. — Ein Lied. — Schlummerlied. — Ein Zwiegespräch. — Später Sommer. — Mädchengebet. — Sommerklage. — Die Liebenden. — Am Abend.

Gelesen von Fräulein **Hilde Mahr.**

**Josef Marx:** Regen. — Kolumbine. — Maienblüten. — Warnung.

Gesungen von Fräulein **Elsa Reimann.** Am Klavier: Herr **Ludwig Uray.**

Der Bösendorfer-Flügel ist aus dem Etablissement des Herrn k. u. k. Hoflieferanten A. Fiedler.

*Programmzettel der Lesung mit Ertler und Goll im Februar 1912*

Die Grazer Presse widmet diesem Abend ausführliche Rezensionen: In der Abendausgabe der „Tagespost" vom 16. Februar steht zu lesen: „Ernst Goll ist ein echter Lyriker, frei von

16 Bruno Ertler, Tagebuch Nr. 4 (Ostern 1911 bis Frühsommer 1912), Nachlass Ertler, Steiermärkische Landesbibliothek.

philosophischen Abgrundtiefen, frei von hohlem Pathos, vielleicht nicht einmal besonders originell als Formtalent, aber groß und stark im Gefühl. Da sprudelt ein Quell von liebenswürdigen Einfällen, herzlichen Empfindungen, die freudigen Widerhall finden." Und der Kritiker des „Grazer Tagblatts" vermerkt lapidar: „Im Übrigen trugen die Gedichte ein modernes Gepräge."

Am 13. April vollendet Goll seine „Grabschrift", jenes Gedicht, das später am Ende aller Buchausgaben stehen wird – als Gegenpol zum „Königszug", der sämtliche Ausgaben eröffnet. (Lediglich jene von 1943 endet mit dem Gedicht „Abschied"; die „Grabschrift" fiel, wie auch der Titel „Im bitteren Menschenland", der NS-Zensur zum Opfer.)

Am 13. Juli verfasst Ernst Goll mehrere Abschiedsbriefe; einen davon an seinen engen Freund Julius Franz Schütz, den er als seinen Nachlassverwalter einsetzt. Hier der volle Wortlaut:

*Liebes Schützlein!*

*Sieh, nun erfüllen sich meine dunklen Worte vom Heinrichshof*[17]*: Wenn Du diese Zeilen in Händen hältst, bin ich schon jenseits des lauten Stromes, den sie das Leben nennen. – Ich schreib dies fast ohne Herzweh und ganz ohne Bitterkeit. Denn ich weiß: es ist besser so. Ich hätte es nie zu was Rechtem bringen können. Zu einem Berufe hätt' ich nicht getaugt und zum Schriftsteller reichten meine Mittel und – meine Feder ja doch nicht aus.*

*Glaub es sicher!*

*Aber reden wir von anderm. Ich lege eine Bitte in Deine Hände. Dr. Rödling wird Dir eine Mappe zukommen lassen, die meine hinterlassenen*

---

17 Julius Franz Schütz bemerkt dazu, in einem handschriftlichen Entwurf zu seinem Vorwort für die Erstausgabe von Golls Gedichten: „In seinem letzten Briefe erwähnt Goll ‚dunkle Worte vom Heinrichshof'. Das war so: Wir saßen im Garten der Gastwirtschaft, es war ungefähr ½ 12 Uhr nachts. Da meinte ich, es sei Zeit heimzugehen. Goll bat: ‚Schenk mir noch eine Stunde. Es ist so wenig, worum ich dich bitte.' Durch den Ton seiner Stimme aufmerksam geworden, fragte ich, was er auf dem Herzen habe. Da sah er auf und sagte: ‚Das wirst du bald erfahren.' Und dann nahm er das Glas und stieß an: ‚Heilig ist das Brot, heilig der Wein, weil sie den Lebenden gehören.'" (Manuskript im Nachlass Schütz, Steiermärkische Landesbibliothek).

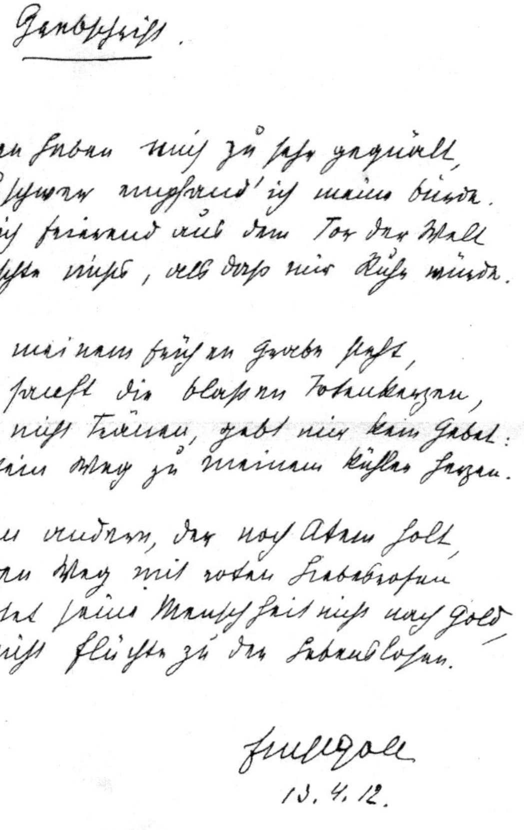
Grabschrift.

Die Menschen haben mich zu sehr gequält,
Und allzuschwer empfand ich meine Bürde.
So trat ich feiernd aus dem Tor der Welt
Und wünschte nichts, als daß mir Ruhe würde.

Die ihr an meinem frühen Grabe steht,
Verlöschet sacht die blassen Totenkerzen,
Gebt mir nicht Tränen, gebt mir kein Gebet:
Es führt kein Weg zu meinem kühlen Herzen.

Doch jenem andern, der noch Atem holt,
Bekränzt den Weg mit roten Liebesrosen
Und wertet seine Menschheit nicht nach Gold
Daß er nicht flüchte zu den Lebenlosen.

Ernst Goll
13. 4. 12.

*Das Manuskript der „Grabschrift"; als Faksimile erstmals veröffentlicht in der Grazer Ausgabe von 1926. (Das Original ist im Nachlass Ernst Golls nicht mehr auffindbar.)*

*Werke enthält. Erschrick nicht, Lieber, es ist so erstaunlich wenig. Aber ich will nicht, daß sie in andere Hände kommen (sie zu vernichten, bin ich auch in dieser Stunde zu eitel). Verwahr Du sie bei dir – und wenn sich je der Wunsch äußerte, sie gedruckt zu sehen, hast du das alleinige Verfügungsrecht. Doch bitte ich dich, die eventuellen materiellen Vorteile und Rechte Bertl zukommen zu lassen, der ja fast alle der Lieder gelten. Viel wirds ja doch nicht sein. – Auch meine Tagebücher übergebe ich Dir. Doch sollen sie nie veröffentlicht werden. Am besten ist's, Du vernichtest sie. Einige von meinen letzten Gedichten hat Bertl allein. Wenn du sie je brauchtest … aber es kommt ja doch nicht dazu …*
*Mein Lieber, noch tausend Dank für Deine Liebe und Freundschaft. Grüß Gretl*[18]*. Und glaubt nicht, ich hätte das Leben nicht lieb gehabt. Ich hab bis zum allerletzten Augenblicke gewartet, es müßte Rettung, Ausweg kommen. Aber es war kein Engel da …*
*Nun freu' ich mich nur noch auf das lange Schlafen, ohne Traum und ohne Erwachen. Du aber freu' dich doppelt des Lichtes und Deines schönen, geebneten Lebens.*

*Ich geb Dir meine Hände: Leb wohl … leb lange*

*Dein Nestl*

Danach, es ist ein Samstag, ein heißer Sommertag, zieht er sich schwarze Kleidung an, verlässt seine Wohnung, geht den vertrauten Weg zur Universität und springt dort aus einem Fenster des zweiten Stockwerks in den Tod.
Schon am Sonntag findet sich in der „Neuen Freien Presse" (Wien) unter der Überschrift „Selbstmord eines Rigorosanten" die folgende knappe Notiz: „Aus Graz wird uns berichtet: Der 24 Jahre alte Kandidat der Philosophie Ernst G o l l , ein Sohn des Oberpostmeisters Goll in Windischgrätz, hat heute aus Furcht vor dem abzulegenden Rigorosum durch Sturz vom zweiten Stockwerk des Universitätsgebäudes auf die Straße Selbstmord verübt."
Einen ausführlichen Bericht über dieses Vorkommnis bringt, gleichfalls am 14. Juli, die Grazer „Tagespost":

18 Gemeint ist hier J. F. Schütz' spätere Frau Margarete.

„Gestern nachmittag hat ein junger Mann auf der Universität seinem Leben freiwillig ein Ende bereitet, indem er sich zur Mittagszeit vom zweiten Stock des Hauptgebäudes auf der der Bibliothek zugekehrten Seite herabstürzte. Gegen halb 2 Uhr fanden zwei Kinder eines Universitätsdieners, die im Garten spielten, den jungen Mann bewußtlos im Blute liegen. Sie verständigten ihre Eltern, die erschreckt herbeieilten. Da sich an dem Körper noch Leben zeigte, verständigten diese die Rettungsabteilung. Als der Rettungswagen eintraf, war der junge Mann bereits tot. Bald darauf erschien eine behördliche Kommission, die feststellte, daß der Tod durch Bruch der Schädelbasis erfolgt war. Bei dem Sturze hatte sich der Lebensmüde auch einen Oberschenkelbruch und andere Verletzungen zugezogen. In dem Toten hat man nach den vorgefundenen Papieren den 24 Jahre alten Kandidaten der Philosophie Ernest [sic!] Goll, einen Sohn des Oberpostmeisters Goll in Windischgraz, erkannt. Man fand bei Goll Briefe, die er an Angehörige gerichtet hatte. Einer davon wurde in Gegenwart der Adressatin geöffnet. Daraus geht hervor, daß Goll aus Furcht vor der Prüfung seinem Leben ein Ende bereitete. Er stand vor den letzten Prüfungen und hätte gestern vormittag ein Rigorosum ablegen sollen, war jedoch zur Prüfung nicht erschienen. […]"

Nur einen Tag und zwei Ausgaben später wird in derselben Zeitung der tragische Fall aus einer ganz anderen Perspektive beleuchtet. Nun ist nicht mehr von einem unbekannten Studenten, sondern von einem Nachwuchslyriker die Rede, vom Erlöschen einer großen Hoffnung, einem schweren Verlust für das geistige Leben der Stadt: „So hoffnungsfreudig und lebensfroh hat der Dichter gesungen, der vorgestern seinem Dasein auf so markerschütternde, entsetzliche Weise ein Ende gemacht hat. Nicht Prüfungsfurcht im gewöhnlichen Sinne hat ihn, der seine Arbeiten nicht abgeschlossen hatte, in den Tod getrieben: er starb, wenn angesichts des jähen Todessturzes eine kühle Erwägung erlaubt ist, an dem Mißverhältnis, in dem der künstlerisch Schaffende zur realen Welt, der Dichter zur Philologie, der Träumer zum Berufsleben steht. Das sind

Antinomien, die zur Passivität führen, die den heißen Lebensdrang, die Daseinsfreude schließlich in Müdigkeit und Todessehnsucht verwandeln. Goll war Lyriker, eine kleine, feine Stimmgabel echtester Lyrik, die indes in Graz schon reichen Widerhall fand: sie tönte im Vortragssaal zu einer beifallsfrohen Gemeinde, sie wäre in kurzer Zeit auf den breiten Schwingen der Tonkunst durch die Städte geflogen: Mörike redivivus. [...] Ernst Goll ist müde geworden, er ist aus dem Leben geschieden, bevor noch der volle Kranz sein Haupt umsäumte. Wir wissen nichts von dem Zerstörungsprozeß dieser stillen Seele, die sich selten und wohl nur Wenigen entschleierte, wir können nur trauern und wünschen, daß der stille Reichtum der Mitwelt überliefert werde, damit sie erkenne, daß kein zager Prüfungskandidat, sondern ein am Leben leidender Dichter von uns schied."[19]
Redaktioneller Nachsatz: „Wie wir hören, hat der verstorbene Lyriker seinen Kollegen Jul. Franz Schütz mit Herausgabe seines Nachlasses betraut. Herr Schütz wird den letzten Wunsch ehestens zu erfüllen trachten."
In der Tat erscheint noch im Spätherbst dieses Jahres im angesehenen Berliner Verlag Egon Fleischel, unter der Herausgeberschaft von Julius Franz Schütz, der Band „Im bitteren Menschenland. Nachgelassene Gedichte von Ernst Goll". Das Buch erlebt bis 1919 drei Auflagen und regt zahlreiche zeitgenössische Komponisten, u.a. die aus Karlsruhe stammende Margarete Schweikert (1887–1957), zu Vertonungen an.

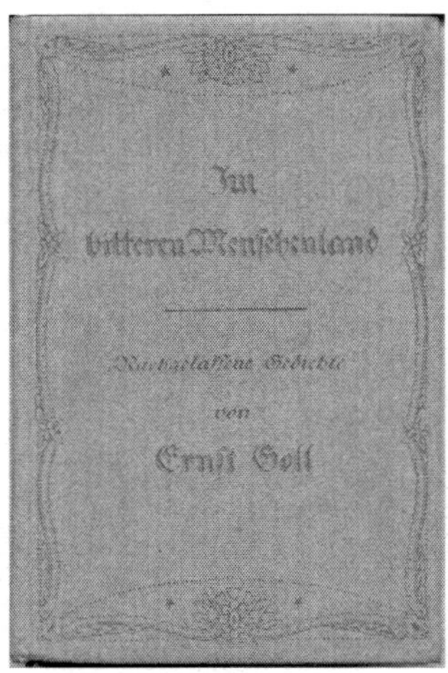

*Die Erstausgabe, 1912*

19 Max Pirker: Ernst Goll †. In: Tagespost (Graz) vom 15. Juli 1912 (Abendausgabe).

Peter Rosegger, zu diesem Zeitpunkt längst poeta laureatus der Steiermark und weltweit gelesener Schriftsteller, widmet Ernst Goll in der Septembernummer 1912 seiner Zeitschrift „Heimgarten" einen ausführlichen Nachruf. Darin beschreibt er den jungen Dichter als einen „Idealist[en], der überhaupt dieses Leben nicht mehr ertrug."

Die Frage nach den möglichen Ursachen für Golls frühen, freiwilligen Tod beantwortet Rosegger folgendermaßen: „Er mochte geahnt haben, daß sein Schönheitsdrang ihn zu Ehre und Ruhm führen könne, aber das war ihm zu wenig, ein zu geringer Ersatz für die Qualen eines Erdenlebens unter Philistern. [...] Wir haben wahrscheinlich an ihm einen bedeutenden Dichter verloren, ohne ihn zu besitzen."[20]

1913 Am 4. Juni stirbt Ernst Golls Vater im 59. Lebensjahr. Vater und Sohn, der in der Familie wie auch unter Freunden stets „Nestl" gerufen wurde und sich auch selber so nannte, sind in der Familiengruft am Friedhof von Slovenj Gradec bestattet.

---

20 Heimgarten 36 (1912), H. 12, S. 948f.
Schon als 17-jähriger Gymnasiast besucht Goll in Marburg an der Drau eine öffentliche Vorlesung Roseggers – ein prägendes Ecce poeta!-Erlebnis, das er seiner Vertrauten Elsa Hofmann in euphorischen Worten zu schildern weiß: *„Zum erstenmal haben meine Augen einen Mann gesehen, der von Gott begnadet wurde, den Reichtum seiner Gedanken andern mitteilen zu dürfen, zum erstenmal mein Blick an einem Mund gehangen, der die Worte von Hunderten aussprechen durfte, die das eigene Herz geschrieben – und ich konnte mein Auge nicht losreißen von dem ernsten, stillen Mann, der da unten die schönheitsverklärten Kinder seiner Muse einer atemlosen Menge zeigte."* (Brief vom 06.03.1904). – Den „ernsten, stillen Mann" persönlich kennen zu lernen ist ihm auch später, während seiner Grazer Jahre, nicht vergönnt, und das obwohl die Familie seiner Verlobten Berta Auer in unmittelbarer Nachbarschaft zu dem berühmten Dichter wohnt. „Peter Rosegger machte mir nach dem so tragischen Freitod Ernst Golls ernste Vorwürfe, warum ich ihm nie von ihm erwähnte [...] – da ich aber als Nachbarin die vielen Bittsteller dieser Art, die fast täglich zu ihm pilgerten, beobachten konnte, hatte ich diesbezüglich Hemmungen", erinnert sich Golls Verlobte noch ein halbes Jahrhundert danach (Brief Berta Tentscherts an Hubert Fussy vom 12.02.1967; Nachlass Fussy).

# I.

## Jugendgedichte

1904–1908

## Märchen

Wann strahlst du wieder hell in Freude,
Mein Aug, von Tränenspur getrübt;
Mein armes Herz, voll Weh und Leide,
Wann endlich hast du ausgeliebt?

Will fort in ungekannte Fernen,
Durch Wüstensand und ew'gen Schnee;
Will dort die Lieb' vergessen lernen,
Die Heimat und das Heimatweh. – –

Zur Fahrt bereit – auf schwanken Kähnen
Stößt man vom Heimatstrande ab:
Leb wohl, du Land voll Leid und Tränen,
Du meiner Wünsche weites Grab!

Fahr zu, mein Schiff! Durch blaue Fluten
Führ mich in Lande, fremd und weit:
So flieh ich, Liebe, deinen Gluten,
So flieh ich, Liebe, deinem Leid! – –

Wer bist du, fernab dem Gedränge,
Die dort am Bord des Schiffes sinnt;
Ward denn auch dir dein Heim zu enge,
Wer bist du, blondgelocktes Kind?

Du stehst und schweigst und legst die Arme
Mir an die angstgepreßte Brust,
Daß mich's durchfließt wie wonnig warme
Und tränenselig süße Lust.

Lehnst an mein Herz die heißen Wangen,
Daß es in flammend Weh erglüht;
Was hältst du, Holde, mich umfangen?
„Ich bin die Liebe, nimm mich mit!“

## Frühling

Ein Maientag; im Sonnenlicht
Liegt Flur und Wald und Heide;
Aus Blütenschnee der Frühling flicht
Sein junges Brautgeschmeide.

Und was aus Waldesrauschen schallt,
Das singen flüsternde Wellen,
Und was die Lüfte sprechen, hallt
Aus jubelnden Vogelkehlen:

O Frühlingspracht, o Maienzeit,
Wie hebst du Herz und Sinne!
O Welt, so wundersam und weit,
O selige Maienminne! –

Nur was in reichem Blütenhang
Zwei junge Herzen klangen,
Als Liebchens Lippen heiß und lang
An meinem Mund gehangen,

Das sang kein Wort, kein Vogellied
In sonnenflimmernde Weiten,
Nur wenn der Lenz in die Lande zieht,
Ertönen verklungene Saiten: –

O Frühlingspracht, o Maienzeit,
Wie hebst du Herz und Sinne!
O Welt, so wundersam und weit,
O selige Maienminne!

## FRÜHLING

Der Frühling lag mit seinem Sonnenschein
Vor unsern Füßen – und in allen Zweigen,
Aus Millionen Blütenkelchen scholl's
Und regte sich's zum großen Jubelreigen.

Und ich wies nieder in die Maienpracht:
„Sieh', alles löst sich aus des Dunkels Banden; –
Wir Menschen zieh'n im Alltaggleise fort,
Uns bleibt der Frühling ewig unverstanden!"

Als wolltest du an dich den Frühling zieh'n,
Sah ich dich sehnsuchtsheiß die Arme breiten
Und süß und leise durch den Vogelsang
Klang deiner Stimme heilig Glockenläuten:

„Erst wenn der Sonnenschein das Leuchten weckt,
Das schlummernd lag ins uns'res Herzens Tiefen,
Der Vogelsang die Saiten klingen macht,
Die unberührt im Grund der Seele schliefen;

Erst wenn die Winde all die Lieder wehn,
Die in uns jubelnd auf und nieder klingen,
Dann können wir die Wonnen ganz verstehn,
Die mit dem Frühling in die Weiten dringen."

Ich schwieg und sah dein Auge groß und heiß
Und leuchtend an dem Maientage hängen
Und fühlte deiner Seele Frühlingssturm
In Glück und Jubel dir zum Herzen drängen.

Da fühlt' ich's süß und heiß und wundersam
Wie Lerchenlieder durch die Seele hallen: –
Ein Widerschein von deinem Maienglück,
Ein Hauch von deines Frühlings Sonnenstrahlen!

## Einem gestorbenen Traume

Der Dämm'rung Schleier sank zu Tal
Und brachte allen Müden
Ersehnten Schlaf nach Müh' und Qual
Und weltenfernen Frieden.

Und wie im dunkeln Mantelsaum
Die kalten Felder lagen,
Hab ich den toten Silbertraum
Ins stille Grab getragen.

Und weil so bleich sein Todesweh,
So silberrein sein Leben,
Hab ich mit weißem, kaltem Schnee
Den toten Traum umgeben.

Mir war's so weh, mir war's so kalt
Und meine Hände brannten,
Als sich die weißen Flocken bald
Ums tote Träumen spannten.

Und alles Glück, durchsonnt und hell,
Und alles Herzenssehnen
Zerrann in einem Silberquell
Von heißen, heißen Tränen:

Mein süßer toter Silbertraum,
Bist nun in Qual zerbrochen,
Liegst still und starr im Flockenflaum,
Und hast so viel versprochen! – –

Die Nacht ist still und wunderrein,
Der Wind weht durch die Bäume,
Und zitternd spielt der Sternenschein
Ums Grab versunkener Träume. – –

Nun fliehe weit, mein wildes Weh,
Verweht, ihr törichten Sorgen,
Hab ja in Eis und Winterschnee
Mein heißes Herz geborgen!

## Ein Traum

Ein heißer Tag, – erbangt in Angst und Grauen,
Nun, als er kam, so gut, so brav, so schön! –
Ich lernte wieder dem Geschick vertrauen
Und hoffnungsfreudig in die Zukunft seh'n.

Was jener Tag versöhnend und verklärend
Und göttermilde meinem Sein gebracht,
Das zeigte mir, voll Märchenschöne lehrend,
In einem Traum die stille Winternacht:

Wir hatten steile Bergeshöh'n erklommen,
Im Tal gelassen, was uns härmt und quält,
Und alles Schöne jubelnd mitgenommen
In freie, himmelnahe Alpenwelt.

Die Sonne sank und tauchte süßverworren
Die Dämmerruh' in warme Abendglut,
Daß sich die Rosenstreifen sanft im Blau verloren
Wie Purpursegel auf der Silberflut.

Du legtest, matt von langer Wanderreise
Und schlummermüd, dein Haupt zu süßer Ruh',
Dann schloß ein Gott barmherzig dir und leise
Das blaue Kinderaug' im Schlafe zu.

Du lagst so still – wie deine Wangen glühten
Und tiefster Friede mir zum Herzen quoll,
Nahm ich vom Hang viel hundert Frühlingsblüten
Und Alpenrosen – beide Hände voll.

Dann legt' ich leise, daß ich dich nicht weckte,
Um dich der Alpenrosen Purpurglanz,
Gab Blütenschnee in deine Hand und legte
Ums süße Haupt den weichen Blumenkranz. –

Dann saß ich still und faltete die Hände
Und sah dich unverwandt und schweigend an
Und fühlte heiß, wie ohne Maß und Ende
Aus deinem Bild der Schönheit Urquell rann.

Und sah, wie's Jugendrot der Alpenrosen
Im Silber deiner Flechten sanft verfloß,
Wie Morgenrot, mit dem Waldwipfel kosen,
Die Sonnengold in Strahlenseide schloß.

Im Dämmerdunkel lag vor unsern Füßen
Das alte, waldumrauschte Heimatland
Und über uns – wie weltenfernes Grüßen –
Des blauen Himmels unermessen Band. – –

Es war ein Traum! – Die lichten Bilder flogen
Zurück zur Heimat aller Märchenwelt,
Ein neuer Tag kam rauschend angezogen,
Der neuen Kampf in heißen Händen hält. – –

Ich aber seh' dich, Traumentschlaf'ne, immer
Im lichten Bild, das jenes Märchen bot:
Das süße Haupt, umstrahlt von Silberschimmer,
Gebettet still auf Alpenrosenrot.

Vor uns zeriss'ne schroffe Felsenwände
Und Bergesriesen, kalt und nebelgrau,
Zu unsern Füßen heimatlich Gelände
Und über uns des Himmels weites Blau!

## Zukunftschauen

Fern von des Lebens lautem Schrei'n und Stoßen
Und heißen Daseinskampfes Gram und Graus,
Aus Waldeskühle, sonnenlichtumflossen
Und übergoldet, ragt ein stilles Haus.

Die bunten Blumen, die im Parke sprießen,
In tiefen, düsterschweren Schlaf gebannt,
Weckt keines Kindes silberhelles Grüßen,
Pflegt mild und gütig keine Frauenhand.

Denn dort in jenen engen, kalten Mauern
Wohnt still und stumm ein kampfgebeugter Greis,
Sein müdes Auge kündet Leid und Trauern
Und Todessehnsucht, wild und fieberheiß. –

Von heitrer Jugend lichtumstrahlter Schwelle
Mit tausend Masten zog er einstens aus,
An Liedern schwer die heiße Dichterseele,
Im vollen Haar des Lebens Blütenstrauß.

Verrauschte Jahre weben nun schon lange
Ums stille Haupt des Alters Silberschnee;
Und Alltagkämpfen goß im Wogendrange
Ins heiße Herz ermattend Todesweh. – –

Nun lehnt er bleich in stillem Sichversenken
Und preßt die Stirne in vergilbte Pracht,
In langvergess'ne bunte Angedenken,
Aus Jugendwunderfahrten mitgebracht.

Und wie die müden, bleichen Hände wühlen
Im bunten, mannigfachen Flittertand,
Fällt still und leise aus verschwieg'nen Hüllen
In seinen Schoß ein blaues Seidenband.

Die Seide löst sich, langvergilbt, in vielen
Zerschliss'nen Fädchen um den weichen Rand,
Vielleicht von Tränen, die darnieder fielen
Und heißen Küssen, die darauf gebrannt.

Und wie die Augen starr herniedersehen
Und wie die Hand das blaue Bändchen faßt,
Fühlt er's wie alte Melodien wehen,
Aus Morgenrot gewebt und Sonnenglast.

Die müden Augen lesen nie zu Ende
Die Namenszeichen um den Seidensaum
Und fester schließen sich die bleichen Hände
Ums wundersame Stückchen Kindertraum.

Und eine alte, süße Kinderweise
Tönt, langverklungen, an das müde Ohr,
Erst unverstanden, leise – leise – leise,
Dann jubellaut wie süßer Elfenchor.

Und singt von alten, wonnesamen Tagen,
Von Jugend, Übermut und Spiel und Tanz
Und keuschen, hallverwehten Kindersagen,
Umstrahlt von Maienschein und Sonnenglanz

Und einem heißen, wundertrauten Sange,
Der aus des eignen Herzens Tiefen scholl,
So laut und jubelnd, daß mit jenem Klange
Sein ganzes Sein in Jubelreime quoll.

Und wie die Töne an die Seele fallen,
So märchenschön, so süß, so rein und mild
Ersteht, aus Duft gewebt und Sonnenstrahlen,
Vor seinem Aug' ein wundersames Bild.

Ein Mädchenbild! In weitem, wunderklarem,
Tiefblauem Auge heiße Jugendglut,
Das Haupt umweht von sonnenlichten Haaren,
So weich und silbern wie Bethestaflut.

Da – einmal noch – nach langen, langen Tagen
Die Dichterseele ihre Banden bricht,
Was jenes Bild und was die Lieder sagen,
Wird unbewußt zu heiligem Gedicht.

Sein Auge glänzt – die Wunderverse fließen
Aus tiefster Seele, heiß und sehnsuchtweit – –
Vom Bergeshang ein inbrünstiges Grüßen
Dem Höhentraume aus der Kinderzeit! – –

Die Fenster auf! Herein, ihr Maienlüfte,
Ihr Frühlingsblüten, schließt die Kelche auf
Und weht in Wellen eure Wonnedüfte
Zum letzten Mal zu meiner Brust herauf!

Durchs off'ne Fenster hallen Lerchenlieder
Und Sonnenvögel flattern hell und leicht,
Draußt Veilchen, Tausendschön, Jasmin und Flieder
Im Maienglanz, so weit das Auge reicht.

In alle Lüfte fällt des Dichters Singen
Und hebt sich lichtbeflügelt himmelwärts –
Und dann – mit einem Mal – erstirbt das Klingen:
Die Stimme brach in jähem Todesschmerz. –

Und jene Menschenseele, die hinieden
Gekämpft, gerungen, heiß und sehnsuchtsschwer,
Schwebt nun, umweht von weltenfernem Frieden,
Ins weite, uferlose Heimatmeer.

Ein süßes, sel'ges, wundersel'ges Sterben,
So jubelhell wie Frühlingsauferstehn,
Wie Blütenblätter, die im ersten herben
Und linden Frühlingssturm durchs All verwehn. – – –

– Du lehrtest mich von hohem Bergesrücken
In ferner Zukunft stille Täler schau'n,
Und frohen Muts dem Tod ins Auge blicken,
dem grausen Tode, ohne Furcht und Grau'n.

Hab Dank dafür! Nun möcht ich, o so gerne,
Den stillen Weg zur ew'gen Ruhe gehn,
Mit letztem Blick in nebelgrauer Ferne
Dein süßes Bild zum Abschied winken seh'n.

Im Grabe ruhn, im tiefen, leidenstillen,
Dem Erdenleiden weltenweit entrückt,
Und sehnsuchtkühlend auf dem Herzen fühlen
Das Seidenband, das deine Hand gestickt!

## Erinnerung

Abendfriede hält, aus weiten
Himmelsfernen hergesandt,
Über Glück und Glockenläuten
Seine Schwingen ausgespannt.

Langvergess'ne Wünsche schwirren
Durch die Seele märchengleich,
Meine müden Träume irren
In ein fernes Feenreich,

Einen stillen Wundergarten,
Reich und blütenübertaut,
Den in sel'gen Wanderfahrten
Meine Brust einst aufgebaut.

Tausend bunte Blumen blühten
Hell im Maiensonnenschein,
Tausend goldne Sterne glühten
Ihren Himmelsglanz herein.

Meine Seele goß mit Tränen
Rings der Beete Blütensaum.
Jeder Blume galt ein Sehnen,
Jedem Stern ein Herzenstraum. – – –

Welk sind Grün und Blütenbäume,
Langverblaßt der Sternenschein,
All die tausend Herzensträume
Schliefen lange, lange ein.

Meine Seele irrt in heißen
Qualen durch der Nächte Ruh',
Durch des Tages Glut und Gleißen
Einem einz'gen Ziele zu,

Einem letzten Hoffnungssterne,
Blaß und weit am Bergesrand,
Einem Glück, das still und ferne
Sonnengoldig auferstand.

## Im Walde

Waldgeflüster – Tannenrauschen,
Grün, so weit das Auge reicht,
Blütenduften, Liederlauschen,
Sommervögel, zart und leicht!

All das lachende Getriebe
Strahlt verklärt aus deinem Blick,
Und die Welt ist lauter Liebe
Und die Welt ist lauter Glück!

Lerchenjubel, weit und wonnig,
Blütendüfte, warm und weich,
Liebchen, ist die Erde sonnig,
Liebchen, ist die Erde reich! – – –

Deine bleichen Händchen beben,
Dein geliebtes Auge weint –
Denkst daran, daß uns das Leben
Heut zum letzten Mal vereint?

Liebchen, denke nicht an morgen,
Morgen kommt das Abschiedsweh,
Kommen schlimme Alltagsorgen,
Kommt des Alters Reif und Schnee!

Heute flammen uns're Herzen,
Heute lachen Mai und Glück,
Morgen denken wir mit Schmerzen
An vergang'ne Lust zurück.

Sieh, wie seine grünen Zweige
Rings der Wald zur Sonne hebt,
Unbekümmert, ob zur Neige
Bald die Strahlende entschwebt.

Wie er, lichtbetaut, vergessen,
Daß ihn bald die Nacht umfängt,
Die in Dunkel unermessen,
Seine grünen Kronen senkt.

Traute, unser Sein hinieden
Ist dem weiten Walde gleich,
Eine Stunde Sonnenfrieden
Macht ein ganzes Leben reich.

Blondes Lieb, gib mir die Hände:
Heil der Liebe, heil dem Mai!
Morgen ist der Traum zu Ende,
Morgen bricht das Glück entzwei.

Reich mir deiner Lippen Habe,
Strahl mir deiner Augen Schein,
Morgen sinkt die Welt zu Grabe,
Heute laß uns selig sein!

## Im Dämmern

Den bleichen Tag durchzitterte die Sehnsucht
Und durch der Nächte dämmerstillen Schein
In Fieberträumen irrte mein Verlangen:
Nach einem Strahl aus deinem Augenlicht,
Der allem Ungestandnen Antwort gäbe …
Mein Sehnen heilte … Abendsonnenglut
Lag über fernen, waldumrauschten Gipfeln
Und hauchte rosenfarben milden Glanz
Um deiner Flechten weichen Silberschimmer.
Wir saßen lang im Dämmern, lang und still …
Vor uns ein Lied. Von Maientagen sang es
Und einem lichtumsonnten Maienglück.
Du beugtest tief dich in die weißen Seiten
Und lasest lange. – Unser Atem schwieg
In bangem Schauer, meine Hände bebten,
Mein Auge suchte lang und fieberheiß
In deinem Blick das Süße, Langersehnte.
Da sahst du auf …
Der warme Strahl aus deinem Kinderauge
Das Letzte, Höchste: Liebe sprach er nicht.
Er strahlte mild ein blasses Sternchen Mitleid
Mit meiner armen müdgequälten Brust
Und meiner großen hoffnungslosen Liebe …
– – Und doch! In jener dämmerstillen Stunde
Umfing mein Herz mit letzten Lebenskräften
Das Sternchen Mitleid, das dein Auge sprach,
Wie ein Ertrinkender im Todeskampfe
Den letzten Balken Lebenshoffnung faßt.

Und alles, was mein Herz aus jener Stunde
Umsonnter Weihe trug, ist Glut, … ist Glut
Und wilde, heiße, namenlose Angst,
Der letzte Balken Rettung, Leben würde
Mir jäh entgleiten, jenes blasse, kleine,
Armseligkleine Sternchen Mitleid mir
Verwehn zu dunklem, sternenlosem Schweigen …

Und jenseits jener Qualen harrt im Dunkeln
Ein bitt'res Sterben … qualvoll … unbeweint.

ICH MÖCHT' EIN BETT von bleichen Blüten,
Wo fern der Wald in Träumen ruht,
Und senkte matt und schlummermüde
Die Stirne in die lichte Flut.

Mit jedem Hauche Duftes müßte
Ein Stückchen Leid zur Ferne wehn,
Ein heißer Sehnsuchtsschrei ertrinken,
Ein Stäubchen Wehe untergehn,

Bis eine letzte, linde Träne
Das müdgeweinte Auge säumt
Und aus der Erde heißen Qualen
Die Seele still hinüberträumt ...

## Junge Liebe

Wir saßen in schweigendem Walde
In Maien und Sonnenschein,
In deinen Armen lachte
Dein junges Schwesterlein.

Die Kleine wußte Lieder
Und Märchen sonder Zahl,
Von Däumling und Schneewittchen,
Frau Holle und Rübezahl. – –

Du küßtest dem lieblichsten Mädchen
Die lachenden Lippen wund;
Nun bot im Scherze die Kleine
Auch mir den rosigen Mund.

Ich faßte das lockige Köpfchen
Und trank deiner Küsse Glut
Mit brennendem Durste vom Munde,
Darauf deine Lippen geruht. – –

Es war so plötzlich gekommen,
Wir wußten selber nicht wie –,
Was unseren jungen Herzen
So lodernde Flammen lieh.

Doch als der Kleinen Äuglein
Der milde Schlaf gegrüßt,
Haben wir enge umschlungen
Und lange uns selber geküßt.

## Im Kirchhof

Golden liegt die Abendsonne
Über langen Gräberreih'n. –
Wundersame Kirchhofstille,
Wieviel Frieden schließt du ein!

Des Erlösers Kreuzbild leuchtet
Mildverklärt im Sonnenstrahl
Und aus duftumwehtem Busche
Schluchzt das Lied der Nachtigall.

Seine weichen Klänge flüstern
Linden Trost der Seele zu:
Aller Kampf verrinnt in Frieden
Und zuletzt ist immer Ruh! …

IM MONDLICHT flimmert – ein schlummernd Kind –
Der See mit schaukelnden Wellen;
Die flüstern und rauschen im Frühlingswind,
Als wollten sie Märchen erzählen.

Sieh, Elfen schweben und schlanke Feen
Die Wellen auf und nieder,
Vergessene Klänge ertönen … verwehn …
Und hallen im Walde wider.

Das lockt so süß, das lockt so bang
Herauf aus der flimmernden Tiefe …
Mir ist, als läge mein Herz schon lang
Geborgen am Grunde und schliefe …

## Märchen

Sonnenlichtumflossen prangen
Ringsum Flur und Waldgezelt
Und wir schreiten, eng umfangen,
Mitten durch die Maienwelt.

Baum und grüne Büsche schütten
Blumenschnee auf uns zurück;
Grüßen mit viel tausend Blüten
Uns und unser junges Glück.

Hoch in lichtumfloss'nen Zweigen
Tönt ein süßes Vogellied,
Blum' und Blüten, alle neigen
Ihren Kelch und flüstern mit.

Uns're heißen Herzen lauschen,
Was so süß herniederschallt …
Und mit leisem Flügelrauschen
Weht ein Märchen durch den Wald …

## Du bist die Heimat

Wenn ich in deine Augen sehe,
Wird alles rings so fromm und still,
Die Welt ertrinkt mit ihrem Wehe
In einem süßen Glücksgefühl.

In ihrem Grunde seh' ich strahlen,
Wonach ich nächtelang geirrt,
Gebangt in heißer Sehnsucht Qualen, –
Den Pfad, der zu der Heimat führt.

Du bist die Heimat! – Heimatfrieden
Und Heimatruh' und Heimatlust. –
Gib mir die Hände, press' den Müden,
Verwaisten an die Heimatbrust.

Wenn es in kalter, grauer Ferne
Kein Plätzchen Ruh' und Frieden kennt,
Ist's Sünde, daß das Herz sich gerne
Und tödlich nach der Heimat sehnt?

## Wiegenlied

Schlafe süß, mein Herzenskind,
Schlaf in stillem Frieden,
Ruh' und Kinderträume sind
Dir nicht lang beschieden.

Schlafe süß, mein Herzenskind,
Mutter muß sinnen und lauschen,
Was im lauen Abendwind
Leise die Wasser rauschen.

Märchenlieder wissen im Grund
All die flüsternden Wellen. –
Klingen so linde und klingen so wund – – –
Will's dir morgen erzählen.

## Abschied

Der Herbstwind bläht
Die Segel schwer,
Mein Schifflein fliegt
Ins wilde Meer.

Noch einmal sieht
Mein Blick zurück –
Nach all dem süßen
Verrauschten Glück.

Die Segel schwellen,
Die Welle flieht,
Und leise weint
Mein Abschiedslied:

Ade, du Häuschen
Am Waldessaum,
Ade, mein goldener
Maientraum!

Ihr Blumen im Walde,
Ihr Vöglein im Wind –
Ade auch, du blondes,
Liebliches Kind.

Ich hätte so gerne
Bei dir verweilt!
Vorüber, vorüber – – – !
Mein Schifflein eilt.

Schon hüllt ein Nebel
Die Heimatnäh' – –
Ade, meine Jugend,
Ade, ade …

## Im Dunkeln

Wer kühlt mir meine Stirne,
Sie brennt so fieberheiß –
Und – seltsam – meine Hände
Sind kalt wie Schnee und Eis.

Mutter, ich bin so müde,
Wir waren im Walde so weit.
Nun möcht' ich schlafen gehen,
Steht schon mein Bettlein bereit?

Mutter, es deckt ein Schleier
Gewiß mein Angesicht:
Ich höre die Vöglein singen
Und sehe die Vöglein nicht. –

Sag Nachbars blonder Gretl,
Ich hätte sie lieb, so lieb –
Sie soll heut nicht mehr spielen,
Es scheint die Sonne so trüb.

Mutter, höre doch, Mutter,
Mir schlägt das Herz so schwer.
Nun ist's, als stünde es stille
Und schlüge nimmermehr. –

Sag, sie soll morgen kommen
Zum grünen Gartenhaus.
Wir spielen Haschen und laufen
Dann weit in die Felder hinaus.

Und hab ich sie gefangen,
Dann halt ich sie lange fest,
Bis sie die roten Lippen
Sich dreimal küssen läßt. –

Mutter, mir ist so bange,
Ich sehe und fühle dich nicht,
Ich sehe nur Gretls liebes,
Lachendes Angesicht. –

Mir liegt in allen Gliedern
So bleierne Müdigkeit,
Als müßt' ich lange schlafen,
Viel länger als gestern und heut.

Und immer liegen bleiben
Im weichen Kissen hier,
Und immer schlafen und träumen
Von Gretl – und von – dir.

Mutter, ich höre dich weinen,
Hab ich dich böse gemacht? –
Nun – will ich – nicht mehr – reden –
Und schlafen – die lange – Nacht!

ICH HAB ein welkes Sträußchen,
Das immer mit mir geht,
Die Farben sind verblichen,
Der Duft ist lang verweht.

Ich lache aller Sorge,
Ich trotze jedem Weh,
Und muß doch immer weinen
Wenn ich das Sträußlein seh'. – –

## Zum 14. Mai!

Aus alten Tagen
weiß ich ein Wort –
das klingt so süß
und klingt so bang. –
Ein Hauch liegt drinnen
Versunkenen Glücks
Und lang vergangener
Sonnenumgoldeter Kinderzeit. – –
Aus alten Tagen
weiß ich ein Wort.

Die Maiennacht
Lag düfteschwer
Auf Tal und Land.
An meiner Seite
Schrittest du still.
Das Mondlicht lag
Auf deinem Haupt
Und deine weichen
Seidenen Flechten
Strahlten wie Silber
Und himmlisches Blau.
– Vor uns im Dunkeln
Verhallte Lachen,
Gesang und Scherzen
Froher Gefährten. – –
An meiner Seite
Schrittest du still. – –

Und ich erzählte:
„Ich zieh' so einsam
Durchs Leben hin
Kein Mädel mag mich leiden. –
Dein Schwesterlein sagte,
Du hättest mich lieb – – – –
Ich glaub' deinem kleinen
Schwesterlein nicht. – "
Da legtest du leise
Die kleinen Händchen
In meine Hand
Und deine süße Kinderstimme
Flüsterte bebend
an meinem Ohr;
Wie Glockengeläute
In heiliger Nacht:
„Und wenn ich's nun selber dir sagte? – – "

Was du in all
Der seligen Zeit
Gesagt, geflüstert,
Ich weiß es nicht.
Ich weiß nur von allen
Dies einzige Wort,
Wie man ein Märchen
Der Kinderzeit weiß: – –
„Und wenn ich's nun selber dir sagte? – –"

Aus alten Tagen
Weiß ich ein Wort,
Das klingt so süß,
Das klingt so bang –
Ein Hauch liegt drinnen
Versunkenen Glücks

Und lang vergangener,
Sonnenumgoldeter Kinderzeit. –
Aus alten Tagen
Weiß ich ein Wort. –

## Reiterlied

Halloh! Ich seh' ums Heidekraut
Sich erstes Dämmern spinnen –
Frisch auf, mein Rappe, der Morgen graut,
Nun will die Schlacht beginnen.

Ins Feld! Ins Feld! Durch dick und dünn,
Auf grad' und krummen Wegen,
Durch dämmernde Stille zum Schlachtbeginn,
Dem Tode, dem Tode entgegen! – –

Ich hatte das lachende Leben so lieb,
Und glaubte an Schwüre und Treue – –
Und alles, das mir vom Leben blieb,
Zerrann in Ekel und Reue.

Frisch auf, mein Rappe, der Morgen graut,
Nun will die Schlacht beginnen.
Nun wird im blühenden Heidekraut
Mein Herzblut zu Tode gerinnen.

Und gibt es auf Erden im Leben nicht
Ein gültig Treueversprechen –
Die Treue, die mir der Tod verspricht,
Die Treue kann er nicht brechen.

## Maientag

Das war ein sel'ger Maientag:
Die ersten Blumen blühten.
Wie uns von all dem Sonnenschein
Die jungen Herzen glühten! – –

Wir saßen unterm Fliederbaum
Und hielten uns die Hände
Und fanden rings im Lenzbereich
der Herrlichkeit kein Ende.

Im Winde ließ der Fliederbaum
Die Blüten niederregnen,
Als wollt' er unser junges Glück
Mit Himmelsschönheit segnen.

Mir war die junge Brust so voll
Von Dankbarkeit und Sehnen
Und über meine Wangen rann
Ein Meer von Freudentränen. – – –

Wo ist die sel'ge, sel'ge Zeit,
Das süße Kinderlieben? – –
Die Blüten hat der Wind verweht,
Die Tränen sind geblieben.

## Nach Jahr und Tag

Mein Lieb, du hast vor Jahr und Tag
Mir Ruh' und Frieden genommen –
Was beutst du nun hinwiederum
Dein Händlein zum Willkommen?

Was blinkst du mit den Äuglein hell
Sehnsüchtigliches Grüßen
Und formst und formst dein Mündlein rot,
Den trüben Gast zu küssen? –

Dein Händlein ist wie Eis so kalt –
Dein Händlein mag ich nicht halten,
Hast ja damit vor Jahr und Tag
Mein Herz entzwei gespalten.

Dein' Äuglein sind wie Meer so tief –
Dein' Äuglein mag ich nicht sehen,
Mußt' ja darin vor Jahr und Tag
Mein Herze untergehen.

Dein Mündlein ist wie Glut so heiß –
Dein Mündlein mag ich nicht küssen,
Hat ja daran vor Jahr und Tag
Mein Herz verbrennen müssen.

## Junger Frühling

Hoiho! Der junge Frühling liegt
Auf Au und grünen Bäumen –
Mein Rößlein, flugs durchs graue Tor,
Laß uns nicht länger säumen!

Den bösen Traum laß ich zuhaus
Und meine müde Seele,
Das junge Herze nehm ich mit,
Daß ich des Wegs nicht fehle.

Wie wohl der helle Morgen tut
Auf all das dumpfe Sehnen! –
Ringsum die weite Frühlingswelt
Muß meiner Jugend frönen:

Das erste Vöglein, so ich schau,
Muß mir ein Liedlein singen,
Das erste Blümlein muß dazu
Die Glockenkelche schwingen.

Das erste Beerlein, so ich pflück,
Muß all mein Blut versüßen,
Und's erste Mägdlein auf mein' Weg
Muß mir die Lippen küssen!

## Die Eine

Manch Mädel hab ich lieb gehabt
In meinen Brausetagen –
Wie viele, kann ich wahrlich nicht
Auch nur beiläufig sagen.

Die meisten waren braun und schwarz
Und zum Verwechseln ähnlich,
Wie man sie alle Tage sieht,
Mit einem Wort: gewöhnlich. – –

Nur ein Gesicht von allen war
Aus anderm Stoff bereitet,
Darauf lag die Barmherzigkeit
Der ganzen Welt gebreitet.

Das war so lieb, das war so schön
Mit seinen blonden Haaren,
Die wie ein lichter Glorienschein
Darum geflochten waren.

Von allen, die ich lieb gehabt
In meinen Brausetagen,
Hab ich am meisten die geliebt,
Die dies Gesicht getragen.

Mein Alles gab ich für sie hin,
Mein Glück und meinen Frieden –
Sie war ja auch so grenzenlos
Von andern unterschieden:

Die andern kränzten, schwarz und braun,
Mit Blumen meine Pfade …
Nur die mit dem Madonnenhaar
War kalt und ohne Gnade. –

## Wolkenzug

Ich hab im Wald gelegen
Und in die Wolken gesehn,
Die kamen auf einsamen Wegen
Und wollten nicht stillestehn.

Ihr, die ihr ew'ge Räume
In raschem Flug durchzieht,
Ich geb euch meine Träume
Und meine Sehnsucht mit.

Die mir die arme Seele
Zerrissen und gequält,
O, tragt sie schnelle, schnelle
Bis an das End' der Welt.

Dort laßt sie niedersinken
Ins allertiefste Meer –
Daß sie darin ertrinken …
Dann quälen sie nicht mehr.

## Ich sah

Ich sah ein Blümlein sich neigen
Zur lieben Gefährtin im Klee,
Ich sah zwei Vöglein kosen
In sonnendurchfluteter Höh.

Ich sah zwei Menschen sich küssen
Im Kahn auf schwankender See; – –
Nun will mir die törichte Seele
Zerbrechen vor Sehnsucht und Weh …

## ERSTER SCHNEE

Nun seid ihr wiederkommen
Im Sturme über Nacht
Und habt die müde Erde
So still und weiß gemacht.

Ihr bleichen Flockensterne,
Ob ihr es wissen könnt,
Daß rings sich alles, alles
So sehr nach euch gesehnt?

Ich weiß viel weiße Felder,
So leer, so kahl, so weh,
Die warten nun schon lange
Des Leichentuchs von Schnee. –

Ich weiß so viele Blümlein
Die werden müde sein,
O, hüllt sie tief und feste
Zu süßen Träumen ein. – –

Ich weiß ein krankes Herze,
Das sehnt sich so nach Ruh,
O, deckt das friedenlose
Mit eurem Frieden zu!

## SCHIFFLEIN

Liegt mein Schifflein ruhelos
Auf den blauen Wellen,
Nimmer wollen mutgestärkt
Seine Segel schwellen.

Fand so leicht den Wellenweg
Aus dem Heimattale,
Trug so viele Träume mit
Und verlor sie alle.

Wollte manchmal, ach, so gern
Stillestehn und schlafen,
Fand im ganzen Weltbereich
Keinen sichern Hafen.

Fand nur Stürme, Not und Qual,
Herzeleid und Mühen,
Muß nun fort und immerfort
Durch die Wellen ziehen. – –

Bis aus ungekanntem Land
Eine Glocke Abend läutet
Und mein Schifflein wandermüd
In den Grund der Fluten gleitet.

## Mein Liebling

Mein Liebling, die ersten Veilchen
Erwachen am Wiesenrain,
Und über Wäldern und Gärten
Liegt goldener Sonnenschein.

Mein Liebling, das Schicksal hat es
So gut mit uns beiden gemeint,
Da es in Frieden wieder
Unsere Hände vereint.

Mein Liebling, du siehst so stille,
So müd und ernst darein,
Ach, ich kann selber nimmer
Von Herzen fröhlich sein.

Mein Liebling, wir haben beide
Zu viele Nächte geweint,
Nun lernen wir nimmer verstehen,
Daß wieder die Sonne scheint.

## Abend

*Erste Fassung*

Nun losch mit einem Male
Der rosenrote Hauch;
Die Menschen schlafen alle,
Die Blumen auch.

Die Glocken läuten im Traume
Selige Abendruh,
Das Vöglein fliegt vom Baume
Dem Neste zu.

Ins Dunkel – ach so klein
Entschwindet es dem Blick.
Nun sind wir ganz allein
Mit unserm Glück.

## Abend

*Zweite Fassung*

Nun losch mit einem Male
Der rosenrote Hauch;
Bald, bald verglimmen im Tale
Die Lichter auch.

Die Glocken läuten im Traume
Selige Abendruh,
Vöglein fliegt vom Baume
Dem Neste zu;

In dämmerige Haine
Entschwindet es dem Blick – –
Nun sind wir ganz alleine
Mit unserm Glück.

# II.

## Gedichte der Reife

1909–1912

## ANDACHT

Du meiner Sehnsucht weiße Taube,
Du alles Schönen Blumenkranz –
Du Maientag, du Osterglaube,
Du meiner Wege Licht und Glanz,

Den Saum von deinem Mädchenkleide
Versehrt der Staub der Erde nicht,
Es trübt kein Hauch von Erdenleide
Dein reines Kinderangesicht.

Du kamst, ein Stern, vom Himmel nieder
Und segnetest die kalte Nacht,
Du gehst, ein Stern, zum Himmel wieder,
Wenn dein Erlöserwerk vollbracht.

Du bist im lärmenden Gewühle
Mir letztes Glück und schönste Ruh
Und was ich denke, was ich fühle,
Wird rein durch dich, wird rein wie du.

## Ahnst du?

Wenn ich wilder dich umfange,
Wenn mein Mund dich heißer küßt,
Ahnst du, daß mir Herz und Seele
Namenlose Angst umschließt?

Angst vor jener dunklen Stunde,
Die auf Flügeln näher eilt
Und mit fühllos kalten Händen
Mein' und deine Wege teilt: –

Wenn dein Haupt dann tränenlächelnd
Sich an meine Schulter schmiegt,
Ahnst du, daß in diesem Frieden
Schon ein Hauch von Wehmut liegt?

Schon ein Hauch von Glückentsagen,
Schon ein Ahnen jener Zeit,
Da wir mutlos, trostlos irren
In der großen Dunkelheit?

## Schlummerlied

Nun sinkt die Nacht hernieder
mit Mond und Sternenschein –
O schließ die müden Augen
Und schlafe, schlafe ein!

Ich will meine Liebe bitten,
Sie würde ein Engel sacht
Und käme zu dir in stiller,
Sternenfunkelnder Nacht.

Sie hüllte dich tief in ihren
Heiligen Mantel ein –
Das wird ein traumverklärtes
Seliges Schlafen sein.

## Ahasver

Ruhten wir auf Bergeshöhen
Schweigend in der Sonne Strahl –
Ruhevolle Wolken stehen
Über unserm Heimattal.

Nahm ich deine kühlen Hände:
„Friedeleer ist mir die Welt,
Daß ich wieder Frieden fände,
Hab ich mich zu dir gesellt.“

Neigtest du das Haupt und legtest
Es auf meine Schulter schwer:
„Seit du meine Seele wecktest,
Fand ich keinen Frieden mehr.“

Ruhten wir auf Bergeshöhen
Schweigend in der Sonne Strahl –
Ruhelose Wolken gehen
Über unser Heimattal.

## Ich habe einen bunten Tag gesehn

Ich habe einen bunten Tag gesehn:
Mit Fahnenwimpeln, frohen Blumenkränzen,
Mit schlanken Frauen, stolz und maienschön,
Mit Lichterglanz und leichtbeschwingten Tänzen. –
Doch ach! In all dem rauschendem Getriebe
Vermißte ich dein süßes Angesicht,
Und in das Lärmen, tausendfach verworren,
Klang deine holde Kinderstimme nicht –

Ich habe einen bunten Tag verloren.

## Kostbares Küssen

Lehn deinen Kopf zurück:
Meine Lippen suchen die deinen.
Nun ruht mein Mund auf dir,
Bebend, kostbar leise,
Einen pochenden Herzschlag lang.

Launen? Kindertorheit?
Ein scherzend Spiel
Nach heißeren Küssen?
Oder ahnen wir beide
In tiefster Seele
Daß schon die Scheidestunde
Unser harrt,
Mit leeren Augen
Und fühlbar nah.
Worte fassen es nicht …
Wir sagen es uns
In diesem einen
Kaum geküssten
Unendlich kostbaren Kusse.

## Abschied

Der schöne Sommer geht zu Ende,
Die Blütenbäume stehn entlaubt,
O, leg noch einmal deine Hände
Zum Segen auf mein müdes Haupt!

Die Sehnsucht meiner besten Tage
Erfüllte sich: Du wurdest mein. –
Der laute Jubel wird zur Klage,
Denn was noch kommt, muß trübe sein.

Der schöne Sommer geht zu Ende,
Die Blütenbäume stehn entlaubt,
O, leg noch einmal deine Hände
Zum Segen auf das müde Haupt!

## Hochzeitslied

Sei das Bündnis eurer Hände
Ewig jung und ewig reich,
O, so baut ein Haus behende
Um den stillen Glückbereich.

Wollt ihr euer Glück von Dauer,
Wetterfest im Sturmgebraus,
O, so bauet eine Mauer
Rings um jenes weiße Haus.

Riegelfestes Tor bewache
Euer Leben, euer Gut,
Und den heil'gen Herd entfache
Eurer Herzen eig'ne Glut.

Bauet einen Raum für Gäste,
Gläserklingen, Licht und Wein
Und vergesset nicht das Beste:
Einen Raum zum Stillesein.

Einen Raum zum Händereichen,
Wenn des Tages Not verweht
Und ein Frieden ohnegleichen
Durch die tiefste Seele geht.

Von des Daches Giebel schaue
Einer Fahne lustig Band
Weithin in das Himmelsblaue,
Weithin in das grüne Land.

Aber auf der Fahne Seide,
Flatternd überm Giebelknauf,
Aller Welt zu Trotz und Neide,
Schreibet kühn die Worte auf:

Seht, wir haben nie ermessen,
Daß die Welt so trübe ist,
Denn wir konnten nie vergessen,
Daß die Welt voll Liebe ist.

WEIL GLÜCK und Trost des Seins
Einfalt und Stille sind,
So wünsch' ich nur noch eins:
Zu werden wie ein Kind.
Und würd' ich es am Ende
Nach all dem müden Streit,
So geb ich dir die Hände
Für Zeit und Ewigkeit …

## Fasst du das Wunder

Faßt du das Wunder?
Ich faß es nicht – :
Wir lachten und litten
Und kannten uns nicht.

Wir suchten und ahnten
Und sahen uns kaum,
Da wuchs in uns beiden
Ein Blütentraum.

Wir stellten uns trotzig
Und blieben uns fern,
Da losch zu unseren
Häupten ein Stern.

Nun ruht mir am Herzen
Dein liebes Gesicht. –
Faßt du das Wunder? –
Ich faß es nicht.

## Glück

So ist dein Haupt mir an die Brust gesunken,
Ich streichle deine braunen Mädchenlocken –
Es neigt der Tag, von Licht und Farbe trunken,
Sein stilles Angesicht den Abendglocken.

Wir stehn bewegt und sagen uns verstohlen
Von Glück auf fernen, fernen Lebenswegen,
Das wir dereinst mit heißem Herzen holen,
Um es als Kranz auf unser Haupt zu legen.

Indessen steht im Dämmerlicht der Eichen
Das Glück so nah mit den Erfüllerhänden
Und segnet uns, die wir nach fernen Reichen
Die weißen Kähne unsrer Sehnsucht senden.

## Scherzo

Heut, Liebste, um die Abendkühle
Komm ich zu dir, drei Treppen hoch.
Halt dich bereit, wir spielen Mühle,
Nicht wahr, du freust dich doch?

Mit meinen blanken, weißen Steinen
Sperr ich dich, Widerspenst'ge, ein,
Da hilft kein Wehren, hilft kein Weinen,
Wirst bald gefangen sein.

Noch diesen Zug – und nun das Ende:
Du kannst nicht vor und nicht zurück –
Ich aber breite meine Hände
Um das besiegte Glück.

## Geburtstagslied

Im Lichterspiel der Frühlingstage
Komm ich zu dir, Geburtstagskind. –
Verzeih, wenn ich kein Sprüchlein sage,
Weil Worte so armselig sind.

Verzeih, wenn ich nicht Gaben bringe
Von Edelstein und Golde licht!
Rubine und Demantenringe
Sind arm vor deinem Angesicht.

Kann ich dir so nicht Holdes spenden,
Schau gnadenselig niederwärts:
Denn, siehe, in den blassen Händen
Halt ich mein zuckend Knabenherz.

## Mit meinem Bilde

Die Menschen sagen: „Jäh zerbricht ein Glück."
Vielleicht ist morgen schon die Zeit erfüllt
Und meine Seele kehrt zum All zurück.
Ich weiß es nicht. Du aber hast mein Bild.

Ich bin daheim auf kurze Ferienzeit.
Mein Herz ist heiß, mein Auge jugendklar.
Fast dünkt es mich, im blauen Feierkleid
Ist noch ein leiser Duft von deinem Haar …

Den lieben langen Tag träum ich von dir,
Die mich zu neuen Seligkeiten rief.
Du bist so fern. Doch dicht am Herzen mir
Verbleicht dein letzter, langer Liebesbrief …

Die Menschen sagen: „Jäh zerbricht ein Glück."
Vielleicht ist morgen schon die Zeit erfüllt
Und meine Seele kehrt zum All zurück.
Ich weiß es nicht. Du aber hast mein Bild.

SO FÄLLT auf kaum erschloss'ne Triebe
Der erste kalte Winterfrost –
So trägst du Leid um unsre Liebe
Und findest nirgends Glück und Trost.

Ich aber ringe meine Hände:
Wirst du den schlimmen Sturm bestehn?
Ich möchte heut und ohne Ende
Dir in das stille Antlitz sehn:

Ob nicht ein Zug von Trotz und Liebe
Hinüberdaure aus der Not
Und wandellos bestehen bliebe
Zu seligerem Morgenrot.

Doch trägst du Mühen und Beschwerde
Im Angesicht und quälst dich sehr,
So neige ich mein Haupt zur Erde
Und störe deine Ruh' nicht mehr.

## Ich hab mein Herz in deine Hand gelegt

Ich hab mein Herz in deine Hand gelegt,
Nun ist ihm gut –
Horch, wie es ruhvoll und beseligt schlägt
In deiner Hut.

Vielleicht ermattet sein gelinder Schlag,
Von Glück betört,
Dann hat es noch den letzten Lebenstag
Dir angehört.

## Jubel

Ihr kosenden Düfte, du goldener Tag,
Durchzittert die Lüfte von Lerchenschlag.
Wir lehnen im Walde beseligt zu zweit,
Tief unten die Halde steht blütenbeschneit.

Ich beuge mich nieder zum seligsten Mund
Und küsse ihn wieder und küsse ihn wund.
Aufleuchtet in Wonne dein süßes Gesicht,
Und alles ist Sonne, und alles ist Licht.

## O, gib mir nicht den Mund!

O, gib mir nicht den Mund!
Heiß mich noch irren in der Dunkelheit,
Das Herz zerrissen und die Füße wund,
Laß mich noch hungern nach der Seligkeit!
Drück' mir aufs wirre Haar die Dornenkrone –
Und dann, in tausendmal erbangter Stund,
Nach all der Not zu unerhörtem Lohne,
Gib mir den Mund!

## Abend

Sieh, nun ist es abendstill,
Dämmerung liegt auf den Wegen –
Komm! An deine Schulter will
Ich mein Haupt zur Ruhe legen.

Einer fernen Glocke Sang
Stirbt im ruhenden Gelände –
Vor der großen Stille bang
Suchst du meine blassen Hände.

Sei getrost: Ein Heil'genschein
Krönt dir deine Mädchenhaare,
Und in tiefster Seele rein
Fühl ich nur das Wunderbare:

Irgendwo versinkt ein Leid
In die andachtvolle Stille,
Irgendwo liegt weißverschneit
Erdenwunsch und Erdenwille.

Jene ferne Glocke läutet
Allem Weh zu tiefer Ruh,
Und die ganze Welt bedeutet
Nur mehr eines: ich und du …

## Später Sommer

Das ist des Sommers letztes Dankgebet:
Noch ist die Luft erfüllt von schwülen Träumen;
Doch wo der Wald im Mittagbrande steht,
Will schon ein leises Rot die Wipfel säumen.

Ein Silberwölklein gleitet über Land
Und taucht beseligt in die Sonnensphäre. –
Wir aber geben uns die müde Hand
Und sind bedrückt von Not und Erdenschwere.

## Schwerer Abend

Nun neigt sich wiederum ein Tag zu Ende,
Zum Sterben müd von all dem Sichverschenken. –
Ich bette meinen Kopf in beide Hände
Und muß mit allen Sinnen deiner denken,

Die du durch Feindesland und fremde Mächte
Mit immer ungebeugtem Haupte schreitest
Und aus dem Tor der schlummerlosen Nächte
Die bleichen Arme nach den meinen breitest.

DAS ABER ist mein Traum von Glück und Tod:
Vom reichen Mahl des Lebens aufzustehn,
Eh noch der rote Kerzenschein verloht
Und abschiednehmend die Genossen gehn.

Siegjauchzend noch am vollen Becher nippen
Und dann – zwei Augenblicke hellen Lichts
Und ein verklärtes Lächeln um die Lippen
Hinübernehmen in das große Nichts.

## Der Falter

O, sieh den Falter, wie er immerdar
Um unsrer Lampe stille Flamme wirbt.
Nun sengte ihm die Glut das Flügelpaar,
Er flattert noch im Kreise, sinkt und stirbt.

Mir ist so bang. Ich schaue immerfort
In deiner Augen wunderbares Licht
Und warte angstvoll auf das eine Wort,
Das einst auch meiner Sehnsucht Schwinge bricht.

## Bitte

Du gabst mir, Herr, der Jugend Garten,
Mit tausend Blumen ausgeschmückt.
Soll ich so vieler Knospen warten?
O, nimm den vollen Strauß zurück.

Ich will nur, daß vom Lebenskranze
Ein einzig Zweiglein Blüten treibt
Und aus dem wunderbaren Glanze
Ein Strahl in meiner Seele bleibt.

## ADORATA

Du bist so schön – ein erdenferner Gast,
Von unsrer Sehnsucht heißem Lied gerufen.
Ich sitze nah bei dir – doch dünkt mich fast,
Als kniete ich vor deines Thrones Stufen.

Du trägst der braunen Haare schlichten Kranz,
Wie Königinnen ihre Krone tragen.
In deinen Augen ist ein ferner Glanz
Und deine Seele hör' ich leise sagen:

„Kommt alle, die ihr mühbeladen seid,
Ich will die Last von eurer Schulter lösen.
Der Staub der Erde rührte nie mein Kleid
Und alle Wunden mache ich genesen.

Ihr kommt zu mir – und wisset selbst nicht wie:
Ihr müßt in Andacht eure Stirne neigen.
Vor meiner Reinheit beugt ihr stumm das Knie,
Und aller Weltlust irre Wünsche schweigen.

Nur einen weiß ich, dessen Seele brennt
In unruhvollem Sich-nach-mir-Verlangen.
Erfüllt von Sehnsucht, die mein Herz nicht kennt,
Will seine Jugend meinen Leib umfangen.

Ich möchte helfen – und versteh' es nicht,
Ich weiß ja nichts von Sehnsucht und Entsagen.
In meiner Seele brennt allein das Licht
Von meiner Himmelssendung Erdentagen.

Er ist mir lieb – doch meiner Wege Glanz
Steht hoch ob diesem angstzerquälten Leben.
Mitleid und Weh füllt meine Seele ganz
Und kann doch ihm nicht Trost und Frieden geben.

O, könnt' ich meine nie entweihte Hand
Erlösend, kühlend auf die Brust ihm legen,
Und dieses Herz, das nimmer Ruhe fand,
Verebbte still und ginge Gott entgegen."

## Ein Lied

Der Tag war hell und glanzumloht
Und auf der grünen Heide
Erblühten Blümlein rosenrot –
Da wußten wir es beide.

Dann kühlte Tau den Wiesengrund,
Der Abend sank hernieder –
Da gabst du mir den roten Mund
Und gabst ihn immer wieder.

Das Abendrot verging so schnell,
Die Nacht kam still gegangen –
Da brannte meine Sehnsucht hell
Und wollte dich umfangen.

## Zu Robert Michels Abschied

Du, im laubumkränzten Becher
Heimatgrundgeschenkter Wein,
Laß mich wieder froher Zecher
Und verklärter Seher sein!

Tief in deinem goldnen Grunde
Seh' ich Bild auf Bilder gehn,
Und die weihevolle Stunde
Lehrt mich ihren Sinn verstehn:

Meine Heimat seh' ich liegen
Bergehoch und hügelweit.
Grüne Rebenzweige schmiegen
Sich ans braune Schollenkleid.

Ruht ein Glanz auf allen Wegen,
Liegt ein Leuchten in der Luft,
Und die Scholle atmet Segen,
Und die Rebe atmet Duft.

Winzerjauchzen tönt von weitem,
Doch wie eine Mahnung zieht
Überall die Seligkeiten
Des Klapotez wehes Lied. –

Da – soll ich den Augen trauen?
Ist es Wahrheit, ist es Trug?
Wolkenhoch im Himmelsblauen
Gleitet einer Möwe Flug.

Gleitet wie ein fernes Märchen
Weiß und selig über Land.
Ach, daß zu den Heidelerchen
Dieses Wunder Wege fand!

Weiße Möwe, Traum vom Meere,
Traum von reinstem Himmelsglanz
Du, befreit von Erdenschwere,
Bleib Gefährtin dieses Lands!

Weh, die in den kühlen Norden
Hoher Lüfte Strom verschlug –
Dieses Tales müde worden –
Rüstet schon zum Heimatflug.

Deren Schwingenschlag so gerne
Unsrer Sehnsucht Fessel band,
Rüstet schon zum Flug ins ferne,
Wunderbar verklärte Land,

Wo verträumte Minarette
Vor dem Abendhimmel stehn,
Über der Narenta Bette
Feierliche Brücken gehn. –

Weiße Möwe! Sieh die Treue,
Die für dich in uns erglüht!
Nimm ins Land der Himmelsbläue
Dieses letzte Leuchten mit.

Aber uns, die glückvermessen
Deinen stolzen Flug gesehn,
Wird es tief und unvergessen
In der jungen Seele stehn:

Daß von holderem Gestade
Eine weiße Möwe kam –
Heller unsre trüben Pfade
Leuchten ließ und – Abschied nahm.

## Zwei Lichtlein

Es sieht von deinem Fenster
Ein Lichtlein in die Nacht,
Es hat in meinem Herzen
Ein zweites Licht entfacht.

Ich muß es immer denken
Und denk es doch nicht aus:
Fänd' doch dies eigne Lichtlein
Zum Licht in deinem Haus!

Das gäbe dann ein Leuchten
Und Strahlen Nacht und Tag. –
Zwei Lichtlein brennen heller,
Als eines brennen mag.

## Vielleicht

Vielleicht hat dir das fremde Land
Den reinen Kindersinn betört,
Und all das Glück in meiner Hand
Hat längst zu atmen aufgehört.

Vielleicht verdorrt der Blütenbaum,
Noch eh' der Herbst ihm Früchte bot …
Vielleicht ist alles nur ein Traum
Vor ungewissem Morgenrot –

## Sonnenwende

Loht ein roter Feuerschein
Von dem ruhenden Gelände,
Fern verhallt die „Wacht am Rhein" –
Sonnenwende! Sonnenwende!

Lachend trink ich meinen Wein:
Geht der Frühling auch zu Ende,
Wird der Sommer selig sein!
Sonnenwende! Sonnenwende!

## Leuchtkäferchen

Ich hab Leuchtkäferchen gefragt,
Wozu es Licht verschwende.
Da hat es mir ins Ohr gesagt:
„Daß mich die Liebste fände!“ – –

Seitdem will mir so trüb und kalt
Die Frühlingsnacht erscheinen. –
Am liebsten säß’ ich tief im Wald
Und möchte bitter weinen.

## Ein Lied

Nun ist der Sterne Schein
Am Himmelszelt erglommen,
Mir fällt ein Liedel ein,
So kinderseelenrein,
Das muß vom Himmel kommen.

Es tönt so selig bang,
Ich will's nicht weiter sagen. –
Ich will's mein Leben lang
Wie einer Glocke Klang
Im Herzen tragen. –

## Zu meinem Bilde

Das ist der Mund, der deine Lippen küßte
Und deine Hände, deine Brust, dein Haar;
Das ist das Auge, das dich leuchtend grüßte
Und ganz von deiner Schönheit trunken war.

Mir pocht das Herz, vorm Neid der Götter bange,
In all dem Glücke, das sich so erfüllt.
O, halt mich fest! Wer weiß, wer weiß wie lange –
Und deine Tränen rinnen auf das Bild.

## Schlummerlose Nacht

Das ist in meinem jungen Leben
Die erste schlummerlose Nacht. –
Die mir dereinst das Glück gegeben,
Hat mich um all die Ruh' gebracht.

Die Uhren schlugen Stund' auf Stunde,
Nur immer träger schien ihr Lauf,
Und jede neue riß die Wunde
Mit hundert blut'gen Krallen auf.

Als ferne schon der Morgen graute,
Verbiß ich noch den Schmerzensschrei,
Doch als der Tag ins Fenster schaute,
Da war ich groß und stark und frei.

## Fragen

Kam ich zu dir? Kamst du zu mir?
Gingen wir uns entgegen?
Gabst du dich mir? Gab ich mich dir?
Ward uns ein himmlischer Segen?

Birgt es noch Freude oder schon Leid?
Ist es noch Tag und Stunde
Oder traumtiefe Ewigkeit:
Hangen an deinem Munde?

Ist es seliges Morgenrot
Oder abendlich Weben?
Ist es ein Ahnen vom frühen Tod
Oder doppeltes Leben?

## Zur Silbernen Hochzeitsfeier

Glück ist: ein schräger Sonnenstrahl
In müdes Alltagsleben;
Glück ist: ein Blumengruß im Tal,
Ein stummes Händegeben.

Glück ist so schnell, so schnell dahin
Wie Tau auf Blütenzweigen,
Und jeden Glückes Endgewinn
Ist: sich in Demut neigen. –

Doch Hand in lieber Hand zu gehn
An fünfundzwanzig Jahre
Und noch verklärt ins Leben seh'n,
Ins tiefe, wunderbare,

Noch lächelnd und verzeihend schau'n
Auf junge Lebenspfade
Und ihrer Sehnsucht Hütten bau'n,
Ist mehr als Glück, ist Gnade.

## Sommerklage

Wie eine schöne Frau die Hände gibt und geht,
Entschwand der Sommer. Seine Huld war Segen
Und Weh zugleich: Von dunklen Kronen weht
Verblaßtes Laub und stirbt auf müden Wegen.

Im Sonnenbrande neigen sich die Garben
Und bangen vor der Hand, die sie darniedermäht.
Wir fühlen's tief: Die Sommertage starben,
Wie eine schöne Frau die Hände gibt und geht …

## Sternennacht

Aus Himmelsfernen leuchten
Die Sterne groß und rein;
Aus deinen Augen, den feuchten,
Strahlt wieder ihr linder Schein.

Dich faßt unendliches Sehnen
Nach jenem seligen Land –
Ich neige das Haupt, und Tränen
Rinnen auf meine Hand.

## Herbsttag

Inmitten dunkler Wolken gleitet
Ein sel'ges Streiflein Himmelsblau –
Ich weiß nicht, ob es Glück bedeutet
In meiner Wege Alltaggrau.

Der Herbstwind rüttelt an die Bäume,
Und Wehmut füllt die Erde ganz – – –
So häng' ich meine letzten Träume
An dieses Teilchen Himmelsglanz.

## Kind, in deine lieben Hände

Kind, in deine lieben Hände
Will ich meine Sehnsucht legen,
Daß ihr Traum Erfüllung fände
Nach den hundert irren Wegen.

Über mein verspieltes Leben
Will sich Abendröte breiten,
Gib ihm, eh die Schatten weben,
Deine tiefsten Seligkeiten!

## HERBSTABEND

*Erste Fassung*

Langsam verblaßt der Abendsonnenbrand
Indess' die dunklen Schleier tiefer sinken
– Du siehst mit leeren Augen in das Land
Und möchtest Frieden in die Seele trinken.

Wohl ist dir einen kurzen Herzschlag lang,
Als wäre all das tiefe Leid verwunden –
Dann schüttelst du das Haupt und wartest bang
Der Nacht mit hoffnungslos durchweinten Stunden.

## HERBSTABEND

*Zweite Fassung*

Langsam verblaßt der rote Sonnenbrand,
Indess' die dunklen Schleier tiefer sinken.
Ich seh' mit leeren Augen in das Land
Und möchte Frieden in die Seele trinken.

Wohl ist mir einen sel'gen Herzschlag lang
Als wäre all das tiefe Leid verwunden – –
Dann schüttle ich mein Haupt und warte bang
Der Nacht mit schlummerlos durchweinten Stunden.

## Klage

Und heute ist der Tag vergangen,
Hat keinen Gruß von dir gebracht.
Nun wart' ich mit geheimem Bangen
Der kalten, schlummerlosen Nacht.

Und morgen wird der Tag erstehen,
Da flutet meine Hoffung neu.
Laß, Herr, die Nacht vorübergehen,
Wie einen Traum vor Hahnenschrei.

## TROTZIGE LIEBE

Herr, unser Glück fliegt himmelan,
Seit wir in Liebe verbunden;
Was Menschenwille uns angetan,
Ist lange überwunden.

Gib uns nun Stürme himmelher
Und hundert Flammenhiebe – –
Wir jauchzen in das Wolkenmeer
Das Trutzlied unserer Liebe.

## Zwischen heut und morgen

Zwischen heut und morgen
Liegt eine lange Nacht –
Vielleicht vor Angst und Sorgen
Ruhlos durchwacht.

Zwischen heut und morgen
Möcht' ich bei dir sein – – –
Wir ließen Angst und Sorgen
Vergessen sein.

## Verlöbnis

Weil unsre Herzen längst die Liebe band,
Leg' ich heut meine Hand in deine Hand

Für dieses Leben, das uns heiter fließt,
Und für das andre, das noch Nacht umschließt.

All, was noch kommen mag, ist mein und dein
Und kann nie ganz voll Weh und Irrtum sein.

## GLÜCK

Nun neige ich das Knabenhaupt:
So hast du meinem Leben,
Das nimmer an ein Ziel geglaubt,
Das große Glück gegeben.

Mir bangt vor nichts, was kommen will,
All meines Herzens wilde,
Verirrte Wünsche werden still
Und knien vor deinem Bilde.

## Letzter Weg

Nun gib mir deine liebe Hand,
Wir gehen in ein schön'res Land.

Wir gehen fern, wir gehen weit
Von Menschenhaß und Menschenneid.

Sie wollten nicht, daß wir uns frei'n,
Nun wird der Tod barmherzig sein.

## Am Jahrestag

Wie liegt, was eh'dem weh und traurig war,
So tief versenkt:
Nun hast du mir ein ganzes Lebensjahr
Voll Glück geschenkt.

Vom ersten Kusse, den dein Mund gegeben,
Halb unbewußt,
Bis zu dem letzten seligen Erbeben
An meiner Brust.

Des Lebens Becher hast du vollgeschenkt
Mit Seligkeit
Und mit der Freude wundersam vermengt
Ein bißchen Leid.

Doch auch aus leiddurchwachten Nächten quillt
Dir Dank zurück,
Wär' nicht die Angst, die Sehnsucht ungestillt,
Was wär' das Glück?

## Weingartenlieder

### I

Reben, die lange entblättert sind,
Frieren und liegen darnieder,
Über die Hänge im Abendwind
Weinen Klapotizalieder,

Weinen um all die vergangene Lust,
Ernte und Winzergelage,
Wecken in meiner ruhigen Brust
Sehnsucht verklungener Tage.

Gib mir noch einmal, braunäugiges Kind,
Deine verdurstenden Glieder! –
Nutzlose Klage! Im Abendwind
Weinen Klapotizalieder.

### II

Laß noch einmal, eh' ich gehe,
Meine Brust an deine drängen;
In den stillen Weingarthängen
Ruhen wir in Glück und Wehe.

Von den Zweigen müder Reben
Wollen wir die letzten Trauben
Pflücken und im Herzen glauben,
Daß sie uns Vergessen geben.

## MÄDCHENLIED

Ich war dereinst in ferner Zeit
Eine frierende Maienblüte,
Die stand in Waldeseinsamkeit,
Verhungert nach Sonnengüte.

Nun bin ich ein stilles Menschenkind
Im rauschenden Weltgetriebe,
Das breitet die Arme dem Abendwind
Und bettelt um deine Liebe.

## Fasching-Lied

Hört mich an, ihr lieben Leut:
Schlüpfet schnell ins Narrenkleid,
Nähet Glöckchen an den Saum,
Flittergold vom Weihnachtsbaum!
Blast ins Horn und ruft: Trara!
Eia, jucheia, der Fasching ist da!

Führet dann zu frohem Tanz
Liebchen mit dem Blumenkranz,
Küßt sie heiß auf Aug' und Mund,
Nie vergeßt ihr Tag und Stund',
Da euch solches Glück geschah:
Eia, jucheia, der Fasching ist da!

Nehmt den Becher, laubbekränzt,
den euch ihre Hand kredenzt,
Trinket, bis ihr taumlig seid,
Bald, ach bald ist Fastenzeit.
Aber noch ist Glück so nah,
Eia, jucheia, der Fasching ist da!

## Pierrot-Lied

Und wäre das Glück wie die Wolken so weit,
Ich will es suchen im Narrenkleid.

Und wäre es ferne wie Firnenglanz,
Ich will es holen aus Spiel und Tanz.

Ich weiß – es wartet im Lichtersaal
Und trägt der Sehnsucht brennendes Mal.

In Kolombinens verträumtem Blick
Ein heimliches Leuchten – das ist das Glück,

Nach dem meine klagende Seele rief,
Ich sink' in die Knie und neige mich tief.

Zwei bebende Hände: „Du Liebster du!"
All meine Schellen klingeln dazu.

Aufspringe ich jubelnd und trage das Glück
In meine wartenden Nächte zurück.

Ich trage es zitternd, mit heiliger Hand,
Wie eine Krone aus Märchenland …

## Ergebung

Gibt es mehr als Lieben, Hassen,
Freude ernten oder Leid?
Lächelnd durch den Staub der Straßen
Trage ich das Menschenkleid.

Denn ich weiß vor allen Dingen:
Über jenem dunklen Schrein
Werd' ich Vogellieder singen
Oder eine Blume sein …

## HEIMWEG

Die Sonne schied – ein letztes Leuchten blieb
Noch hängen in den herbstgoldroten Zweigen.
Ein dunkler Knabe führt sein blondes Lieb
Den Waldpfad heim. Die jungen Lippen schweigen.

Doch wo der Weg in Vorstadtgärten mündet,
Reicht er dem Mädchen seine kühle Hand
Und fühlt erschreckend, wie die Liebe schwindet,
Die ihre Seelen aneinanderband.

## Einem Kinde

Wege, die wir gekommen,
Gehst du glückselig herauf,
Sterne, die uns verglommen,
Blühen dir wieder auf.

Wir stehen und sehen vergebens
Nach dem entschwindenden Land:
Die heilige Schale des Lebens
Ruht nun in deiner Hand.

Halte sie hoch vor allen
Anderen Menschen und
Laß schimmernde Blüten fallen
In ihren goldenen Grund!

O, trinke und trinke ihn wieder,
Den selig duftenden Wein:
Jugend und Frühlingslieder
Lachen und Törichtsein.

Einmal siehst du vergebens
Nach dem entschwindenden Land:
Die heilige Schale des Lebens
Gleitet aus deiner Hand.

## Schlummerlied, auf der Wiese zu singen

Sonne ist zur Ruh' gegangen
Und die Blumen werden blaß,
Schmiegen ihre feuchten Wangen
Tiefer in das kühle Gras.

Schließ auch du die Augenlider
Und vergiß der Erde Leid,
Lindenblüten schneien nieder,
Unser Bett ist schon bereit.

Vöglein will ich leise sagen
Über uns im blauen Raum,
Daß sie uns auf Flügeln tragen
In der Liebe tiefsten Traum.

Blumen will ich still bedeuten,
Die da blühen rings im Hag,
Daß sie alle Glocken läuten
Wie zu einem Hochzeitstag.

Dornenhecken will ich werben:
Sorget, daß uns keiner weckt!
Bis wir aller Sehnsucht sterben,
Lindenblütenzugedeckt.

## Tiefes Glück

Menschenwege gehen kreuz und quer,
Dornen ranken sich darüber her.

Wer ein stilles Lächeln erbt, bezahlt
Es mit hundert heißen Tränen bald.

Wer ein hohes Glück erkämpfte, weiß:
Angst und Müdewerden sind der Preis –

Aber auf den bitt'ren Wegen stehn
Wir im blassen Lindenblütenwehn,

Fühlen jene Dornenranken nicht,
Suchen eins im andern Aug das Licht,

Das aus heiliger Erkenntnis quillt:
Alle Sehnsucht hab ich dir gestillt, –

Ahnen gläubig, daß uns Raum und Zeit
Liebe wandelt zur Unendlichkeit,

Grüßen alle, die uns stumm begegnen,
Segnen alle, die uns wieder segnen:

Selig, selig, wer im Menschenland
Wunschlos gehen kann und Hand in Hand.

## Einem Mädchen ins Stammbuch

Warst du ein Engel? Sag! Warst du ein Stern,
Eh du herniederstiegst im Menschenkleid?
Aus deinen Augen glänzt noch tief und fern
Ein Widerschein von Himmelsseligkeit.

Nun gehst du unsre ungewissen Pfade
Und gibst uns deine reine Kinderhand.
Dein Lächeln ist uns Sonnenblick und Gnade
Und deine Nähe unser Märchenland.

Wir seh'n dich an und tragen wieder gern
Der bittren Erde Dornenkranz: das Leid …
Warst du ein Engel? Sag! Warst du ein Stern,
Eh du herniederstiegst im Menschenkleid?

## Einmal …

Haben uns im Grund der Seele lieb,
Gehn doch jeder seinen Weg allein.
Aber eine linde Hoffnung blieb:
Einmal werden wir beisammen sein.

Einmal geben wir uns stumm die Hand,
Gehen in die dunkle Nacht hinaus – – –
Wenn der Morgen webt sein Rosenband,
Ruhn wir eng in einem stillen Haus.

## Königszug

Ihr, die ihr blinden Aug's vorübergeht,
O, daß ihr doch die Lider höbt und säht

In Morgenfrühe, wenn das Dunkel fällt,
Den Königszug der Jugend in die Welt.

Die Augen heiß, die Stirnen weinumlaubt
Und Fahnenwimpel über unserm Haupt,

So ziehn wir aus, den Sonnenweg entlang,
Und unser Lied ist Frühlingssturmgesang:

Du, Vater, in dem engbegrenzten Haus,
Sieh, unsre Sehnsucht breitet Schwingen aus!

Du, Mutter, die uns eng umfangen hält,
Hör, unser Herz gehört der ganzen Welt!

Ihr, die ihr hoffnungsleer an Gräbern steht
Und taumelt zwischen Arbeit und Gebet,

Das Zepter rollt aus eurer schwachen Hand:
Wir sind die Könige im weiten Land.

Zu lichten Höhen ziehen wir hinan,
Verneigt euch tief und gebt uns frei die Bahn! –

Ihr aber mit dem warmen Augenglanz,
Ihr aber mit dem Margeritenkranz,

Ihr, die ihr schmachtend steht am Straßensaum,
Ihr seid das Licht in unserm Königstraum.

O, wartet nicht, bis unser Herz verglüht,
O, wartet nicht, bis euer Kranz verblüht!

Wir sind voll Sehnsucht. Reicht uns glückbereit
Den tiefen Becher eurer Seligkeit!

Ihr, die blinden Aug's vorüber geht,
O, daß ihr doch die Lider höbt und säht …

## Das schöne Bild

*Erste Fassung*

Um die blaue Dämmerstunde sind
Dir die Hände in den Schoß gesunken,
Lehnst das Haupt zurück und lächelst lind
Wie von einer innern Freude trunken.

Meine Augen nehmen stumm das Bild,
Legen nieder es im Grund der Seele,
Daß es noch in späten Tagen mild
Von der schönen, alten Zeit erzähle …

## Das schöne Bild

*Zweite Fassung*

In der blauen Dämmerstunde sind
Dir die Hände in den Schoß gesunken,
Beugst das Haupt zurück und lächelst lind,
Wie von einer innern Freude trunken.

Meine Augen nehmen still das Bild,
Legen tief es in den Grund der Seele,
Daß es noch in späten Tagen mild
Von der schönen alten Zeit erzähle.

## Meine Sehnsucht …

Meine Sehnsucht ist ein dunkles Boot,
Löst vom Strande sich im Abendrot.

Deine Sehnsucht ist ein weißer Schwan,
Mondenschimmer ruht auf seiner Bahn.

Einmal finden auf der blauen Flut
Sich die beiden. Dann ist alles gut …

## Sehnsucht

Ich sende dir Blumen vom Heimatwald,
Betaut mit heimlichen Tränen,
Die sagen dir leise: Ach, komme bald,
Ich warte deiner in Sehnen.

Ich warte deiner bei Nacht und Tag,
Bis alle Wünsche verblassen
Und noch im letzten Herzensschlag
Dein liebes Bild umfassen.

## Sturmlied

Ich hab dem Sturm mein stolzes Herz gegeben,
Daß er's auf seinen weiten Schwingen trage,
Hoch über dieses engbegrenzte Leben
Und immerfort bis an das Ziel der Tage.

Doch rauschte er vorbei an deinem Garten,
Er müßt' es nieder, dir zu Füßen legen,
Die du mir Sonne warst auf meinen Fahrten
Und Himmelsflucht und letzter Erdensegen …

## Zur Hochzeit Wolfgang Burghausers

Es kam ein Bote aus der Sehnsucht Land,
Dem unermeßlich weiten, uferlosen,
Und kränzte schweigend eures Hauses Wand
Mit der Erfüllung pupurroten Rosen.

Wir aber senden unsrer Wünsche Tauben
Auf weißen Flügeln aus der müden Hand
Und lächeln mild: Laß uns an Wunder glauben,
Es kam ein Bote aus der Sehnsucht Land.

## Schwerer Sommer

*Erste Fassung*

Hörst du die Menge? Unsre Garben sterben
Vor solcher Gluten reichstem Überschwang.
Sie tobt und schreit und ihre Kinder erben
– Den Fluch der Väter tausend Monde lang.

Wir aber wollen dieses Jahrs Verschwenden,
Darin die Sonne nie vom Himmel schied,
Wie eine Krone tragen auf den Händen
Und horchen unsrer Sehnsucht Erntelied.

## Schwerer Sommer

*Zweite Fassung*

Hörst du die Menge: „Unsre Garben sterben
Vor dieser Gluten tollem Überschwang."
Sie weint und schreit, und ihre Kinder erben
Den Fluch der Väter tausend Monde lang.

Wir aber wollen dieses Jahrs Verschwenden,
In dem die Sonne nie vom Himmel schied,
Wie eine Krone tragen in den Händen
Und horchen unsres Glücks Erfüllungslied …

## Marientag im September

Und von den letzten bunten Sommertagen
Gehört noch einer unsrer lieben Frau
In Sonne, Wiesengrün und Himmelsblau …

Wir aber gehn durchs Feld, das abendklare,
Darauf die zitternden Marienhaare
Wie weiße Fahnen einer Sehnsucht stehn,
Die müde ward vom Weinen und Entsagen. –
Da wird uns bang: wir denken an den Schnee,
Der bald nun kommt und unsre Wünsche deckt,
Und an der langen Winternächte Weh,
Das kaum ein sonnenblasser Morgen stillt.

In solchen Träumen kränzen wir bewegt
Mit letzten Rosen das Marienbild
Und beten: Laß uns diese bange Frist
Den Himmel eine Frau zur Seite senden,
Die voll von Klugheit und voll Milde ist,
Mit reinem Herzen und mit weichen Händen!

## Am Abend

Violenschleier liegen auf den Wegen,
Die Blumen haben sich zum Schlaf gelehnt
Und eine Glocke betet Abendsegen:
Das ist die Stunde, die ich lang ersehnt.

Nun will ich selig meine Arme breiten,
Weit über die verträumten Wiesen gehn
Und nach den beiden blassen Wolken schreiten,
Die vor der blauen Himmelstüre stehn.

Mir war's, als hört' ich eine Stimme sagen:
„Wir warten deiner mit dem weißen Kleid.
Du hast der Erde ganzes Glück getragen,
So trugst du auch der Erde ganzes Leid."

## Wunsch am Morgen

Über jenen dunklen Hügeln
Kommt der neue Tag herauf;
Was auch ruht auf seinen Flügeln,
Schließe hell die Augen auf!

Sehnsucht, die mit Harfensaiten
Nachts an deinem Bette stand,
Wird dich froh hinüberleiten
In das morgenjunge Land.

## Ein Zwiegespräch

Was bliebst du fern von Spiel und Tanz,
Daß ich alleine war? –
Ich habe einen Blumenkranz
Geflochten für dein Haar.

So sahst du nicht der Lichter Glanz,
Die frohgestimmte Schar? –
Ich habe einen Blumenkranz
Geflochten für dein Haar.

Nun führte Friedel mich zum Tanz
Und küßte mich sogar! –
Ich habe einen Blumenkranz
Geflochten für dein Haar.

## Dein Bild

Wie bist du schön! Von deinen Gliedern fließt
In reinem Faltenspiel das blaue Kleid,
Das fern dich stimmt und herb und weltentrückt.
Den braunen Scheitel küßt ein Sonnenstrahl
Zu Glorienschein. Zwei blonde Knaben schmiegen
Sich eng an dich …
Du lächelst fremd. Und deine Augen sagen,
Was deinen Lippen immer sich verschloß:
Ich bin verirrt auf dieser weiten Erde.
Von einer fernen Heimat muß ich träumen,
Nach jenen kühlen blauen Bergen seh'n
Und einer Sehnsucht weiße Flügel breiten.

Tönt dir ein Lied aus jener sel'gen Höhe,
Daß du so lauschend stehst? Zwei Knaben schmiegen
Sich eng an dich, als wollten sie dich halten …

## Ein Brief

Mein liebes Kind! Die Schwalben ziehen fort,
Die letzten Rosen sind nun auch verdorrt.

Der große Garten schien noch nie so leer,
Es blühen nur die blassen Astern mehr.

Und meine Sehnsucht brennt so lichterloh,
Ich weiß es nun, ich werde nicht mehr froh,

Bis ich dir wieder in die Augen seh'. –
Verbrenne diesen Brief! Er ist so weh …

## In ein Stammbuch

Und einen Sommer, der voll Schönheit ist,
Seh' ich dich jeden Tag. In engen Gassen,
Auf stillen Wegen hab ich dich gegrüßt.
In deinem lieben Mädchenzimmer saßen
Wir bald vertraut und redeten und lachten.
In mondverklärten Sommernächten brachten
Wir's „Rehlein" heim. – Ich durfte noch mit dir
Bis zu dem „Gute Nacht!" vor deiner Tür.
Dreimal auch hört' ich deine Stimme singen,
Sie ist so schön. Sie nimmt das eig'ne Leid,
Hebt es empor auf ihre dunklen Schwingen
Und trägt es lächelnd über Raum und Zeit.

Gold liegt auf diesen blauen Sommertagen
Und auf den Nächten, die wir sehnend lagen,
Liegt eines Traumes Traum – o, viel zu schön,
Erfüllt zu sein.
                    Nun färbt der Herbst die Zweige
Mit Gold und hellem Rot. Und ich muß geh'n,
Wie dieser reiche Sommer ging zur Neige.
Vielleicht seh' ich dich wieder auf der Bahn,
Die Leben heißt, da wir uns lang verloren.
Wir sehen uns mit wehen Augen an
Und stehen wieder vor den gold'nen Toren;
Die alten Lieder, die uns längst verklangen,
Die alten Lieder werden wieder neu,
Die Wege leuchten, die wir einst gegangen,
Und wieder geht das Glück – an uns vorbei.

## Herbstliche Fülle

Der Tag ist müde worden vom Verschwenden,
Er schlief mit roten Kinderwangen ein,
Not ruht auf meinen sonnverbrannten Händen
Und meine Seele gärt wie junger Wein.

Ich will die Kleider von den Gliedern streifen,
Nackt über die beschwerten Hänge geh'n
Und nach der dunkelsten der Trauben greifen,
Die aus dem Gold- und roten Laube seh'n.

Dann bin ich eins mit jener Hügelweite,
Die tiefste Blüte aus dem Erntekranz
Und bete, daß dein Fuß sie überschreite
In einer Nacht voll Duft und Mondenglanz.

## Ballade

Schreckte nachts mich aus dem Schlaf herfür
Klang von Pferdehuf und losen Zügeln.
Schien, als hielt es vor der Gartentür! – –
„Mutter, war der Wind mit seinen Flügeln."

In der dunklen Rosenlaube drauf
War's, als ob sie flüsterten und lachten.
Stand in Angst und banger Sorge auf.
„Mutter, waren Tauben, die noch wachten."

Ritt ein Knecht hinaus auf schnellem Pferd,
Um dem flücht'gen Räuber nachzujagen,
Kehrte heim mit blutigrotem Schwert.
„Mutter, hat den Liebsten mir erschlagen!"

## Legende

Es war einmal ein großer, großer Wald,
Der war so tief, daß keines Menschen Fuß
Sein lichtes Ende fand. Nur schön Getier
Und Vögel ohne Zahl bewohnten ihn.

Durch diesen Wald ging einst der liebe Gott,
Indessen Trauer ihm das Herz beschwerte.
Er war gewandert durch der Menschen Land
Und sah die Zwietracht wohnen in den Gassen
Und sah den Neid aus ihren Fenstern späh'n.
Da ward ihm weh. Da ging er in den Wald.
Und siehe! Ihm begegnete ein Reh,
Fromm, scheu und lieblich schritt es nah einher,
Mit hellen Lichtern sah es Gott ins Antlitz,
Erkannte es und bog das schöne Haupt. – –

Da glomm ein Leuchten auf in Gottes Auge,
Erinn'rung überkam ihn an die Welt,
Die heilig war am ersten Schöpfungstag.
Die Segnerhände hob er auf und sprach:
„Die ich geformt nach meinem Ebenbilde,
Vergaßen sein. So werde du ein Mensch,
Das schönste von den Erdenkindern allen!"
Und lächelte noch einmal mild und schwand.

– – Doch siehe! Aus des Waldes Lichte tritt
Ein Menschenkind und geht den Weg zu Tal;
Fromm, scheu und lieblich ist es vor den andern.
Nicht Wunsch noch Sehnsucht wohnt in seiner Brust,
Friedvoll und selig fließen ihm die Tage.
Aus seinen großen, braunen Augen aber
Grüßt uns ein Licht. Es ist das Licht der Liebe,
Das Gottes reines Antlitz überstrahlte,
Als er die bess're Welt erschaffen wollte.

## In ein Stammbuch

Weil so viel verschwiegene Grüße
Lächelnd in mein Fenster seh'n,
Und der bunten Tage Füße
Ach so schnell vorübergeh'n,

Will ich meine Lider heben,
Eh' der holde Traum zerfließt,
Und den kleinen Mädchen geben,
Was der kleinen Mädchen ist.

## Traurige Liebe

### I

Unser Haupt umschließt ein Kranz von Leide,
Wissen nicht, wo wir am Abend schlafen,
Ob in eines warmen Glückes Hafen
Oder einsam auf der Sehnsucht Heide.

Eine Stunde, die wir mühvoll retten,
Darf ich furchtsam deine Hände halten
Und in deines lichten Kleides Falten
Meine blasse Knabenstirne betten.

Ach, wie kurz ist diese linde Ruh!
Denn die Seele wird uns schwer von Klagen,
Wenn wir ohne Hoffnung „morgen" sagen
Und die Tränen rinnen immerzu.

### II

Schließe, schließe die Augen zu!
Gab uns ein Engel die linde Ruh.
Gab uns ein Engel das Angebind,
Daß wir wieder beisammen sind.

Engel, der uns das Glück gebracht,
Sag es Gott noch in dieser Nacht:
Ihre Liebe war Kampf und Leid,
Laß sie ruhen in Ewigkeit!

## Zwei Vöglein

Zwei Vöglein hatten sich lieb einmal,
Sie fanden kein Nest im Heimattal.

Zwei Vöglein wollten in süßeres Land,
Sie flogen und flogen unverwandt.

Zwei Vöglein wurden die Flügel schwer,
Ertranken beide im wilden Meer.

## Den Eltern

So habt ihr mit dem kalten Angesicht
Schon wieder unsern Himmelsbau zerstört,
Der euch im Wege stand. Fühlt ihr denn nicht,
Daß diese Liebe nimmer uns gehört?

Denn diese Liebe ist der Werdeschrei
Schon einer künftigen, verhüllten Welt.
An euren Gärten gehn wir stumm vorbei
Und wissen nicht, wer uns die Hände hält.

Fühlt ihr denn nicht, daß wir umhergezerrt
Von blindem Willen wie zwei Kähne sind,
Nur einem, einem Ziele zugekehrt
In Glück und Not: dem ungebor'nen Kind!

## Geburtstagslied im Winter

Alle Vögel sind nun fort,
Alle Blumen verdorrt,
Was wird das werden?
Trauer, ach Trauer in Feld und Wald,
Liegt auch die weiße Decke bald
Auf der bitteren Erden.
Fällt keine Blüte vom Lindenbaum,
Füllt die Seele kein holder Traum
Uns von besseren Tagen.
Aber ich seh' noch ein armes Licht,
Aber ich weiß noch ein kleines Gedicht,
Das will ich zu dir sagen.

## Die Liebenden

Sie sahen ein Licht von ferne
Und gingen nach ihm aus.
Waren es einsame Sterne
Oder ein funkelndes Haus?

Sie schritten mit heiligem Mute
Durch Sturm und Regen und Schnee –
Auf ihren Stirnen ruhte
Die Krone von Sehnsucht und Weh.

Nun schlafen sie bei den Toten,
Wegmüde und Hand in Hand; – –
Sie waren der Schönheit Boten
Im bitteren Menschenland.

## Lass uns tief im Herzen tragen …

Laß uns tief im Herzen tragen,
Wie wir um das rote Glück
Mit erhobnen Schwertern stritten,
Wie wir rangen, wie wir litten
Zwischen Sehnsucht und Entsagen.

Sonne aus den frohen Tagen
Mag getrost verdunkelt sein;
Aber was wir Leid gefunden,
Langer Nacht durchweinte Stunden
Laß uns tief im Herzen tragen!

## Wir sind

Wir sind zwei verirrte Gefährten
Im großen Walde der Welt,
Wir sind die Glückverwehrten,
Die keine Heimat hält.

Wir sind verfemt und verlassen
Von Eltern und Bruderhut,
Wir wandern auf einsamen Straßen,
Bis unsere Sehnsucht ruht.

Wir sind zwei singende Lerchen,
Der Sonne geschenkt und dem Wind,
Wir sind im süßesten Märchen
Der Prinz und das Königskind.

Wir betteln an fremdem Herde
Armselig und kummerbleich:
Wir sind auf der traurigen Erde
Verkünder vom himmlischen Reich.

## Mädchengebet

Schütz mir den Liebsten vor Angst und Leid,
Wehr ihm Sorgen und Wehe,
Aber schließ ihm die Augen beid',
Daß er kein' andere sehe.

Nur in mein eigenes Augenpaar
Laß ihn blicken und schauen,
Wie ich ihn liebe immerdar
Vor allen anderen Frauen.

## WEIHNACHT

Wenn in den ersten blauen Abendtraum
Mit süßem Klang die Feierglocken läuten,
Endzünden wir an unserm Weihnachtsbaum
Die hundert Lichter, die das Glück bedeuten.

Nur einer Kerze andachtsvolles Licht
Laß uns den Göttern weihen und vertrauen,
Daß sie aus ihrer seligen Höhe nicht
Mit Neid auf diese milde Stunde schauen.

Dann seh'n wir schweigend in den hellen Glanz
Und wagen nicht, die Hände uns zu reichen.
Dein Aug' ist feucht. Und ich beginne ganz,
Ganz leise dir das liebe Haar zu streichen.

## Lebenslauf

*J. Fr. Schütz einen Gruß ins neue Jahr 1912.*

Wir wissen nichts von Raum und Zeit,
Wir wandern durch die Ewigkeit.

Da weckt uns Lärmen und Wirrwarr:
„Das alte Jahr – das neue Jahr!"

Nun wird uns eine Spanne Zeit
Der Stunde Glück, der Stunde Leid.

Wir zählen Nacht und Sonnenschein,
Wir schenken uns die Gläser ein

Und murmeln mit in dem Wirrwarr:
„Das alte Jahr – das neue Jahr!"

Wir suchen die Gefährtin traut
Und nennen „Liebste" sie und „Braut".

Und wenn es hoch kommt, wolkenhoch,
So nennen wir sie „Frau" auch noch – – –

Dann hüllt der tiefe, tiefe Traum
Uns wieder in den Mantelsaum.

Wir wissen nichts von Raum und Zeit,
Wir wandern durch die Ewigkeit.

## Mädchenlied

Nun hat die samtene Röte
Der Himmel ausgetan,
Es hebt eine silberne Flöte
In mir zu singen an:

Wohl, daß der Tag sich senkte
Zur atemstillen Ruh!
Was seine Hand verschenkte,
Deckt weich der Abend zu.

Wo ist die Not, das Bangen?
Ach, von der Liebe nur,
Die übern Weg gegangen,
Blieb eine milde Spur.

Nichts kann wie sie beglücken,
Wär' auch das Ende Leid.
Ich will mit Rosen schmücken
Mein weißes Mädchenkleid.

Die Augen muß ich schließen
Vor all dem innern Licht
Und goldene Haare fließen
Mir übers Angesicht.

## Die Skifahrer

Sie schritten auf eilenden Füßen
Die schneeigen Hänge empor,
Ein letztes verhallendes Grüßen
Der Morgenglocken im Ohr.

Dann fielen die Flocken dichter
Und hinter der Nebelwand
Versanken die bunten Lichter
Vom atmenden Menschenland.

Da ritt auf schnaubenden Rossen
Der Tod seine Königsbahn,
Hielt still vor den Fahrtgenossen
Und sah sie schweigend an.

Da riß vor den zitternden Lidern
Der Majaschleier der Zeit,
Da löste von ihren Gliedern
Sich blutend das Menschenkleid.

Nun wohnen sie auf den Firnen,
Von ewigem Glanze umloht,
Und grüßen mit leuchtenden Stirnen
Das heilige Morgenrot.

## Grabschrift

Die Menschen haben mich zu sehr gequält,
Und allzu schwer empfand ich meine Bürde.
Da trat ich frierend aus dem Tor der Welt
Und wünschte nichts, als daß mir Ruhe würde.

Die ihr an meinem frühen Grabe steht,
Verlöschet sanft die blassen Totenkerzen,
Gebt mir nicht Tränen, gebt mir kein Gebet:
Es führt kein Weg zu meinem kühlen Herzen.

Doch jenem andern, der noch Atem holt,
Bekränzt den Weg mit roten Liebesrosen
Und wertet seine Menschheit nicht nach Gold,
Daß er nicht flüchte zu den Lebenslosen.

## Abschied

Die liebe Sonne glühte und versank:
Das ist der letzte Gruß der Mutter Erde.
Mein Leben war ein Schönheitslobgesang
Und einer Sehnsucht bittende Gebärde.

Nun steh' ich lächelnd an dem Saum der Zeit
Und seh' die roten Wolkenschiffe schweben.
Wenn sie verblassen in der Dunkelheit,
Hab' ich die Sehnsucht dir zurückgegeben.

## Tiefe Stunde

Und einer Stunde köstliches Geschmeide
Ist dir im Ring des Lebens eingefaßt.
Du gehst versonnen durch die Heimatheide
Und hältst in einem kühlen Hause Rast.

Vor blauen Augen, die dir Sehnsucht senden,
Hast du die Blicke lidertief gesenkt.
Du nimmst das Brot, du brichst es mit den Händen
Und weißt: es war dir keins so gern geschenkt.

Wunschlos gedenkst du deiner besten Zeiten,
Doch d i e s e r Stunde, die sie überragt,
Erbittest du den Kranz der Ewigkeiten,
Bis eine klare Stimme „morgen“ sagt …

Da hebst du jäh den gold’nen Kelch zum Munde,
Den Göttern bringst du Dank und Opfer dar,
Dann gehst du heimwärts durch die dunkle Stunde
Und nimmst die Rosen weinend aus dem Haar.

# III.

## Undatierbare Gedichte

## Irgendwo …

Irgendwo trinke ich süßen Wein,
Irgendwo sehn' ich mich wild nach dir,
Irgendwo spielt ein müdes Klavier
„Mädel klein, Mädel fein".

Irgendwo breitet ein Blütenwald
Seine hungrigen Zweige aus,
Irgendwo wartet ein weißes Haus,
Daß wir kommen … Wir kommen bald!

UNTER EINES TAGES Summe
Ist der schwarze Strich gemacht,
Und wir reichen uns die stumme
Hand zum Abschied: „Gute Nacht!“

Schien die Sonne uns vergebens?
O, wir sagen lächelnd: „Nein!“
Und ins goldne Buch des Lebens
Schreiben wir: Beisammensein …

## Auf einen Fächer

Du hast eine schwarze Seele
Und kamst zur weißen Redoute;
Woher, erzähle, erzähle,
Erwuchs dir dieser Mut?

Ich weiß, du selber erkanntest
Den Frevel dieser Tat
Und sannest und suchtest und wandtest
Dich ans Gewissen um Rat.

Nun hält eine andere Sünde
Dem schweren Verbrechen Gewicht:
Du nahmst eine schwarze Binde
Und hast ein weißes Gesicht.

## Auf eine Karte

Weißer Schmuck an weißer Wand,
Weiße Feen, weiße Gnomen,
Wer nur irgend Weißes fand,
War zum weißen Fest gekommen.

Hold geblendet von dem Bild
Muß mein Blick sich niedersenken,
Doch in tiefster Seele quillt
Mir ein weißes Deingedenken.

ÜBER UNSRE Gläser her
Kommt ein Duft von weißen Nelken,
Blüten, die schon leise welken –
Lider werden feucht und schwer.
Augen schließen sich gelind,
Augen, die schon müde werden,
Augen, die noch halb auf Erden
Und schon halb im Himmel sind …

MICH SEGNET goldner Wein
Und Walzerlieder weinen –
Nun küßt die Seele mein
Der Traum von jener Einen.

Was meine Brust entfachte,
Entfühlet keiner – – –
O, daß dein Herz erwachte
Und dächte meiner …

EIN WALZER. – Ich weiß es nicht:
Glück oder Leid? –
So nah, so nahe ist Licht
Und Einsamkeit – – –

Ich weiß nur: es sind zwei Schritte
Vom Morgenrot
Zur stammelnden Abendbitte:
Gib mir den Tod!

EIN TRÜBER, TRÜBER SONNTAG sinkt
Im Abendrot zur Neige,
Ich sitze still – – durch's Zimmer klingt
Heinz Kalmanns Zaubergeige.

Sie klingt so süß, sie klingt so bang
Wie aus verrauschten Zeiten,
Nun heimlich süß wie Vogelsang,
Nun lind wie Glockenläuten.

Das alte Lied – – von jungem Glück
Und hoffnungslosem Klagen,
Ich lehne weit das Haupt zurück
Und träum' von alten Tagen. – –

In Dunkelheiten ganz und gar
Verschwimmen Fern' und Nähe,
Wie seltsam, daß ich doch so klar
Dein Bildchen vor mir sehe! …

## Rätsel

Blüht ein Blümlein auf der Halde
Ewig ungepflückt,
Liegt ein Schatz im Märchenwalde,
Jedem Aug' entrückt;
Wohnt ein Glück in tiefen Schächten
Wunderbar und heiß,
Davon nur in langen Nächten
Unsre Sehnsucht weiß.

SIEH, NUN LACHT uns wieder
Goldig reiner Wein,
Wundersame Lieder
Wiegen sich darein.

Wundersame Lieder,
Hebt euch himmelwärts;
Gott, gieß uns immer wieder
Jugend in das Herz!

MIT DER DANAIDENLAST
Wartet jeder neue Morgen;
Eine kurze Mittagrast,
Dann von neuem Angst und Sorgen.

Lachend füg' ich mich darein:
Denn des trüben Tages Wende
Segnet doch dein Nahesein
Und der Frieden deiner Hände.

VON LIEBE und Seligkeit schwer
Verlaß ich dein stilles Haus –
Alle Laternen umher
Löschen die Lichter aus.

Immer wieder zu dir
Geh'n alle Wünsche zurück –
Es ist ein Licht in mir,
Das mag nicht verlöschen vor Glück …

## Pepo Marx
## von Ernst Goll und Adorata
## Ein Namenstagsgruss!

Morgen werden alle Glocken klingen,
Morgen werden alle Vöglein singen,

Morgen wird die Welt mit frohem Lachen
Von dem langen Winterschlaf erwachen,

Wird die Augen reiben und verwundert sehn,
Daß die Wiesen schon voll Blumen stehn.

Morgen mit dem ersten Sonnenschein
Wird ein großes Glück dir nahe sein:

Denn in heil'ger Frühe gehen wir
Hand in Hand vorbei an deiner Tür.

DER ERSTE GRUSS im Morgenschweigen
Ist: Könnt' ich doch zu dir!
Der letzte Traum im Abendneigen:
O, kämest du zu mir!

Mein Augenpaar und meine Hände
Gehören der Welt und mir,
Mein pochend Herz ist bis zum Ende
Allzeit bei dir.

TAG IST schlafen gangen,
Schloß die Augen zu,
Mit erglühten Wangen
Träumest nun auch du.

Mondenschimmer gleitet
Um dein weißes Haus,
Meine Sehnsucht breitet
Ihre Arme aus …

UND EINMAL leuchtet uns der frohe Tag:
Lenzjunge Rosen blüh'n im grünen Hag.

Wir beide gehen enge, Hand in Hand
Und Glocken läuten unser Glück ins Land.

Sieh! Reine Kinder haben gottgeweiht
Mit Blumenblättern uns den Weg bestreut.

Zwei Priesterhände segnen den Verein.
Nun bin ich dein! Nun bist du immer mein …

Dann löscht der Tag die Himmelsfackel aus,
In blauen Schleiern wartet unser Haus.

Und all der Fond von Glücklichsein und Lachen
In unsern Herzen wird zum Licht erwachen.

Und unsre Seele wird von tausend Wunden
In dieser einen Liebesnacht gesunden …

ICH WEISS, wir haben uns vom Wald verirrt
Zur bunten lauten Stadt. Und nun verwirrt
Uns wohl der Lärm und macht uns taub und blind. –
Das ist's, warum wir fremd geworden sind.

Noch einmal seh' ich dich, gesenkt das Haupt,
Die Straße ziehn, mühselig und bestaubt.
Du gehst so müd, und eine Kette klirrt:
Ich weiß, wir haben uns vom Wald verirrt …

## Jugend

Laß die junge Seele
Nie verdunkelt sein,
Wenn von Schuld und Fehle
Böse Menschen schrei'n.

Wir vom hohen Berge
Sehen niederwärts,
Das Gezücht der Zwerge
Reicht uns nicht ans Herz.

Hoch über Sünde und Tugend,
Höhen- und himmelan
Leuchtet unserer Jugend
Strahlende Siegerbahn.

## TORINSCHRIFT

Wollt ihr kommen zu mir ins Haus,
Lasset das böse Gerede draus!
So viel Stufen die Treppe zählt,
Wohn' ich über dem Klatsch der Welt.

*

KUNST IST geträumtes Leben,
Selig und heilig und rein sein – – –
Glück ist irren und streben,
Aber am Abend noch dein sein.

*

MANCHMAL ein bißchen träumen
Und immer ein bißchen hoffen –
So blieb zu seligen Räumen
Mir allzeit ein Türlein offen.

## Hochzeitslied

*Erste Fassung*

Das große Los im Lebensspiel,
Es ist so wenig, es ist so viel:
Ein weißes Haus, im Grün versteckt,
Ein kleiner Tisch, den die Liebe deckt:
Zwei Fenster, darein die Sonne schaut,
Ein Garten, darüber der Himmel blaut;
Alljährlich im Herzen, alljährlich im Garten
Ein neues frohes Frühlingserwarten,
Ein Nieerlahmen, ein Nieerkalten
Ein Immer-einander-die-Hände-Halten. – –
Und über allem, groß und still
Noch einer schöneren Hoffnung Ziel …

## Hochzeitslied

*Zweite Fassung*

Ein kleines Haus, im Grün versteckt,
Ein kleiner Tisch, den die Liebe deckt;
Zwei Fenster, darein die Sonne schaut,
Ein Gärtlein, darüber der Himmel blaut,
Und über Ernstem und über Tand
Unsichtbar sichtbar der Liebe Hand;
Alljährlich im Herzen, alljährlich im Garten
Ein neues frohes Frühlingserwarten;
Und immer ein stummes Sichverstehn
Und immer ein heilig Zusammengehn;
Ein Nieerlahmen, ein Nieerkalten,
Ein Immer-einander-die-Hände-Halten
Und über allem, groß und still
Noch einer schöneren Hoffnung Ziel.
– – – – – – – – – – – – – – – – – – – – – – – –
Das ist so groß, das ist so reich
Wie Kinderträume vom Himmelreich,
Das ist so aller Kronen wert!
Ach, e i n e m wird es nie beschert.
Doch flehen's z w e i mit frommem Willen,
Wird es die Liebe ganz erfüllen.

## Mit Weihnachtsgaben

Macht auf das Fenster und schaut herfür:
Zwei Kinder stehen vor eurer Tür!
Sie haben die Seelen erfüllet ganz
Mit Wunderglauben und Lichterglanz,
Sie wandeln auf Erden und fühlen es kaum,
Sie bringen euch Süßes zum Weihnachtsbaum.
Macht auf das Fenster und schaut herfür:
Zwei Weise stehen vor eurer Tür.
Sie haben gesonnen und wissen zuletzt:
Die Liebe ist es, die Berge versetzt.
Sie sagen der Weisheit goldenen Spruch
Und bringen getragen ein tiefes Buch.
Macht auf das Fenster und schaut herfür:
Zwei Könige stehen vor eurer Tür.
Seht, ihre Schwerter sind gottgeweiht
In ihrer Sehnsucht blutigem Streit.
Sie stehen da, von Schönheit umloht,
Und bringen euch Schalen aus Gold und Rot.
Macht auf das Fenster und schaut herfür:
Zwei Liebende stehen vor eurer Tür.
Sie sind gewandert durch weites Land,
Immer zusammen und Hand in Hand.
Sie kommen und bringen ihr pochendes Herz,
Lang eins geworden in Freude und Schmerz.

## Zu einem Körbchen Schneerosen!

Und hat mit seinen Strahlen
Der Lenz auch lange gesäumt,
Wir haben in Wintershallen
Selige Träume geträumt.

Uns träumte von einer süßen
Goldelfenblonden Frau,
Die geht auf Engelfüßen
Über die blumige Au.

Da heben unsere Glocken
Die reinen Kelche zum Licht,
So jäh, so froh erschrocken
Über das süße Gesicht.

Nun schwillt uns die Seele vor Sehnen,
Wir blühen in Glück und Not
Und sterben um dieser Schönen
Lächeln den Opfertod.

## Opfer

Herr, vor deinem Wolkentrone
Laß mich Dank und Opfer bringen!
Denn du gabst dem Erdensohne
Seiner Lieder Himmelsschwingen.

Wenn mich Not und Bitterkeiten
Wie ein dunkler Wall umgeben,
Kann ich meine Flügel breiten
Und ins Land der Sehnsucht schweben.

UND EINE GROSSE Weihe ist in mir,
Der Abend kam auf mondverklärten Wegen,
So reich gesegnet gehe ich von dir,
Wie ein Versöhnter kehrt vom Abendsegen.

Wie ruhn sie tief im dämmerstillen Hafen,
Die bunten Wünsche, die der Tag erfand;
Ich bin so still. Nun werd ich selig schlafen,
Und meine Träume gehn ins Sehnsuchtsland.

ICH HEBE mit taumliger Hand
Den Kelch und bete:
Gib mir das Sehnsuchtsland
Oder erlöschende Lethe,
Du reiner, du goldener Wein!
Nur zwischen beiden
Laß mich nicht müde sein
Und mich bescheiden!

SAGEN SIE: Im Wein liegt Wahrheit?
Aus dem Kelch, den ich gewann,
Blickt mich all die Sonnenklarheit
Meines jungen Lebens an,
Klarheit ist mir diese stille,
Wunderbare Herzensruh,
Dieses Eins von Weg und Wille, –
Sonne, Sonne, bist mir du!

## Märchen

Fern im Abendsonnenglanze
Liegt ein wunderbares Land,
Erdenleid und Sorge reichen
Nicht an seinen heil'gen Strand.

Blaue Anemonen sprießen
Um ein marmorkühles Haus,
An der glückgeweihten Schwelle
Breitest du die Arme aus.

Noch einmal im Abendwinde
Gleitet meiner Sehnsucht Kahn,
Glückverlangend, glückerbangend,
Jene sonnenstille Bahn.

Wanderwolken seh' ich ziehen
Ruhelos am Himmelsraum. –
Schneller eilen meine Träume
Nach dem fernen Ufersaum.

Wandervögel seh' ich ziehen
Flügelschlagend über mir.
Jauchzender drängt meiner Liebe
Möwenflug zu dir, zu dir.

Schifflein schaukelt auf und nieder,
Wellenberg und Wellental,
Abendglocken singen ferne,
Und mein Herz frägt tausendmal:

Werd ich je das Land erreichen,
Eh die Nacht hernieder sinkt?
Oder wartet schon die Klippe,
Die mich in die Tiefe zwingt? – –

Falte deine lieben Hände,
betend, daß aus Not und Qual
Noch mein Kahn zu dir gelange
In das glückbereite Tal.

## Blüten

Geht ein Windhauch durch den weißen Flieder,
Hundert Blütensterne regnen nieder.
Einer schwebt und fällt auf meine Hand …
Bist du eines nahen Glückes Pfand?
Oder bringst du eine leise Mahnung,
Daß des viel zu frühen Todes Ahnung
Diese Stunde mich wie dich gestreift? – – –

## Das Fenster

Von kahlem Strauch umrahmt ein weißes Haus,
Um dessen First der laue Föhnwind wirbt.
Ein Fenster, offen in der Abendstunde.
Ein blasses Mädchen lehnt sich weit hinaus,
In dessen tiefem, dunklem Augengrunde
Ein Hoffnungsfeuer sich verzehrt … und stirbt …

## Trauriges Lied

Der Tag, der Tag ist zerflossen,
Eine Glocke verklingt.
Selig, selig, dem sie
Zur Ruhe singt!

Im Tale, im Tale verlöschen
Die Lichter gemach. –
Warum, warum nur ist
Mein Herz noch wach?

Graut morgen, graut m o r g e n wieder
Das wehe Licht?
Augen, ihr müden Augen,
Ach, käm es nicht!

## Abschied

Meine armen Wege gehen
Wieder ferne von den deinen,
Vor dem dunklen Fenster stehen
Wir, und unsre Seelen weinen.

Jahr und Tag und Stunden schwinden,
Meine Gärten stehn verlassen – –
Weiß nur, daß ich Liebe finden
Wollte auf den dunklen Straßen …

IN DES MONDLICHTS dunkelblauen
Mantel sank der Frühlingstag …
Weißt du noch, daß in den Auen
Strahlenwarme Sonne lag?

Soll die Glut vergeudet sterben?
Oder wird ein andres Paar
Trunken die Erfüllung erben,
Die in uns noch Sehnsucht war?

SCHLIESSE, schließe die Augen zu!
Gab uns ein Engel die linde Ruh,
Gab uns ein Engel das Angebind,
Daß wir wieder beisammen sind.

Engel, der uns das Glück gebracht,
Sag es Gott noch in dieser Nacht:
Ihre Liebe war Kampf und Leid …
Laß sie ruhen in Ewigkeit!

## Das Licht

Eines Lichtes Auge in dunkler Nacht. –
Eine Seele, die leidvoll wacht. –
Eine Seele, die müde sagt:
Heut kam es nicht, sei's Gott geklagt! –
Ach, wird es morgen kommen? – – –

## Der Wanderer und der Tod

Ging einer versonnen über das Land,
Gab ihm der Tod die kühle Hand.

Sprach: Siehe, der Tag war rauh und wild,
Leg ab die Waffen, tu ab den Schild!

Mit jenem Speere kämpftest du heiß,
Doch wußtest du je des Kampfes Preis?

Du hieltest den Schild vor die hämmernde Brust, –
Hast du die Namen der Feinde gewußt?

Ich bin dir zu sagen sie heute bereit.
Sie hießen: das Leben, der Raum und die Zeit.

Nun kommt die Nacht und die zeitlose Ruh! –
Nur sie zu erringen, strittest du!
– – – – – – – – – – – – –
Sollen wir weinen, wenn einem erfüllt,
Wofür er kämpfte mit Speer und Schild?

WENN ICH EINST im kühlen Grabe
Ruhe von des Lebens Mühen,
Werden mir zu Haupt und Füßen
Ungepflanzte Bäume blühen,

Werden aus der dunkeln Erde
Ungesäte Blumen sprießen,
Weil so viele niegestillte
Liebe hat verdorren müssen.

# IV.

## Fragmente

*Editorische Hinweise zur Textgestalt der Fragmente:*

Um den Werkstattcharakter der vorliegenden Fragmente zu wahren, werden sämtliche Streichungen und Einfügungen des Autors manuskriptgetreu wiedergegeben.

| | |
|---|---|
| <xxxx> | vom Autor in einem späteren Arbeitsgang eingefügte Worte und Wendungen |
| ~~xxxx~~ | vom Autor verworfene Formulierungen |
| <............> | Textlücken, unausgeführte Passagen |
| <......?......> | unentzifferbare Stellen im Manuskript |
| <?> | Fragezeichen im Manuskript, die keinerlei syntaktische Funktion besitzen. Vermutlich dienten sie dem Verfasser zur Kennzeichnung einzelner Wörter und Wendungen, die ihm fragwürdig, wenn nicht überhaupt ungenügend erschienen und die er daher in einem späteren Arbeitsgang abändern wollte. |
| // *xxxxx* // | Varianten zu bestimmten Formulierungen, die der Verfasser nicht an den Rand geschrieben, sondern unmittelbar in den laufenden Text eingefügt hat, des weiteren metatextliche Anmerkungen zu bestimmten Stellen, direkt in den Text hineinverwoben. |
| [xxxxx] | Hinzufügungen des Herausgebers, gilt etwa für sämtliche Titel dieses Abschnitts. |

NUN KOMM nun komm, nun wird mit einemmal
die Sehnsucht stille sein und alle Qual
nun wird [die] höchste aller Seligkeiten
die Arme segnend um uns beide breiten
und was in uns an Not und <......> gewesen
wird <........................................> genesen
und unsre Seele wird von tausend Wunden
in dieser einen holden Nacht gesunden.

*

DANN KOMMEN MENSCHEN <.................>
Und wollen Gottes schönes Werk zerstören
Und wollen uns mit ihren rauhen Händen trennen[,]
Die wir doch niemals voneinander können
Ist es nun Sünde[,] wenn wir gehn und fliehn
Und Hand Hand zu lichten Höhen <?> fliehn

*

ACH, UNSRE JUGEND geht so schnell dahin
Nun stehn wir da und wissen nicht wohin
Und sehen tausend Wege sich verlieren
Und wissen nicht, wohin die unsern führen

*

NUN LÄCHELST DU, o lächle immerzu[!]
Ach niemand lächelt mir so süß wie du
Die Mutter ist von Müh und Sorgen krank
Und weint und betet Tag und Nächte lang.
Die Brüder sind so kindisch und so klein
Ich kann nicht mehr ihr Spielgefährte sein

NICHT WEINEN, Liebling – dazu ist noch Zeit
Wenn wir alleine tragen unser Leid
Nun seh' ich <.....................................>
Ich sehe deiner braunen Augen Glanz
<...........................> und erfühl' es ganz:
Das Leben ist, damit wir Schönheit trinken
In vollen Zügen und dann niedersinken
Und sterben und im Sterben noch erkennen:
Wie hab ich solches stolzes Glück besessen.

*

O NUN ERFASS ICH ERST, warum zu Ende
den Menschenleib erschufen Gottes Hände
<..............................................................>
<..............................................................>
<..............................................................>
Und sah die Blumen in dem Tale sprießen
Und sah das Bächlein sanft daneben fließen
Er sah die Berge himmelstürmend ragen
Und drüberhin die blauen Wolken jagen
Er sah die Vöglein sich in Büschen wiegen
Und sah die <....?....> in dem Grunde liegen
Er sah die Welt so herrlich und so weit
Und sah sich selbst in Schöpferherrlichkeit
Nun all <................................................>
<.................................................................>

<.................................................................>
Blieb ihm ein Hauch im Auge leuchtend hängen
Und dieser Hauch <...................................>
Er drängte bebend nach Gestalt und Licht
Das Schönste von dem Schönen dieser Erde
<................................................> er werde

Und sieh da stand das erste Menschenbild
Vor Gottes T[h]ron! So hold und lieb und mild
Ausreckend seine wunderbaren Glieder
Da sank der Schöpfer in die Knie nieder
Und betete an seines T[h]rones Stufen,
Vor dem, das selber seine Hände schufen

*

NUN KOMMT DIE NACHT mit ihrem Sternenkleid
Sag, fühlst du nicht so fern, so weglos weit
Den Lärm, die Hast der bösen Welt verrauschen?
Nun will ich deiner lieben Stimme lauschen
Und Schönheit trinken, eh die Stunde flieht …
Ja, Schubert sing! Mein liebstes Lieblingslied:
Den Frühlingsglauben! Nun uns selber ja
Der holde Lenz in Glanz und Schönheit nah.
Laß Weihe über deinem Liede sein
Und deine ganze Sehnsucht leg' hinein:
Nach Sonnenschein und blauen Maientagen[,]
Syringenduft und Nachtigallenschlagen
~~Und~~ <All>, was dein Herze wünscht und hofft
und bangt
Und was in dir nach Licht und Luft verlangt.
Ich will den Kopf mir in die Hände legen
Und meine Seele geht auf Träumerwegen[,]
Dieweil du singst. – –

*

<.......................> ICH SAH ein Märchenland
Fern – blauer Himmel drüber ausgespannt
Und Blumen hier und Blüten überall
So bunt, so duftend, ohne, ohne Zahl
Ein Weglein führt von rotumblühtem Haus
Weit in die frühlingsfrohe Welt hinaus[.]
Da, horch! Hebt eine Glockenstimme an

So zag, so bebend über Feld und Tann
~~Und Lachen klingt und Weinen klingt darein~~
~~Und all der Menschheit Glück und all der~~
~~Als müßte beides eng beisammen sein.~~
Und wächst und schwillt und greift ins tiefste Herz
Und hebt sich <.....................................................>
Und Lachen klingt und Weinen klingt hinein
Als müßte beides eng beisammen [sein].

Ist's Glockenklang, der <über> Fernen klingt
*//der aus der Ferne dringt//*
Ist's deine Stimme, die so ~~ruhvoll~~ <heilig> singt
Ich frage nicht – ich horche stumm und lang
Der fernen Glocken süßem Wunderklang

O, läute meiner Seele Glück und Ruh[,]
Du holde Menschen-Glocken-Stimme du!

*

AM MISSLINGSTRAND das Städtlein lag ~~verschlafen~~
<umfangen>
Von Winterschlafe viele Monde lang
Kaum daß von Festen, anderswo begangen
Ein Widerhall in unsre Stube drang.

Wir ~~legten~~ <aber> legten in den Schoß die Hände
Und freuten uns der langentbehrten Ruh,
Die Tannen all vom nahen Berggelände
Sahn häuptenickend diesem Frieden zu.

In stillen Stunden nur – wenn langvergessen
Erinnerung an schöne Stunden rief[,]
Glomm uns im Herzen Sehnen unermessen
Nach all dem Frohen, das verzaubert schlief.

Nach lauten Festen, süßen Harfensaiten
Nach hohen Räumen, licht- und lufterfüllt,
Auch nach den Brettern, die die Welt bedeuten
<..?...> verstaubt aus <............?..................>

Nun sah ich wieder lichtdurchglänzte Räume[,]
Die eine frohe Menschenmenge füllt,
Der Vorhang fiel, das Graltor unsrer Träume[,]
Noch glänzt im Auge mir das frohe Bild

## [DIE LATEINSTUNDE]

<.......................................................................>
Dreifach gewaltiger erscholl vom Turme des Domes[.]
Zitternd hallten die Töne durch Nebelschleier des Morgens[.]
In geschäftiger Eil' eröffnet der Diener die Tore,
Ließ die Harrenden ein, der Weisheit Reden zu lauschen
Und mit Bücherbelad'nen füllt sich die weite Octava.
Sieh, schon nahet Codelli, voll Huld die Freunde begrüßend
Eilt mit geflügeltem Schritt zur ersten der grünlichen Bänke,
Schnell Latein noch zu lernen (er hat es zu Hause vergessen)[.]
Nun erscheint auch Gottscheber, im Pelz die Glieder verhüllend
Die ein freundlicher Gott ihm zu strahlender Schönheit verliehen.
Ihm gesellen sich Schmidt und Goll, der rühmliche Dichter
– Und im Kreise erscholl ein eifrig Lateinübersetzen[.]
Plötzlich erhoben sich alle, in Eile die Tür' zu erreichen[,]
Denn in der Pforte erscheint voll Glanz der liebliche Hofmann[.]
Eilig erfaßt Codelli den grünlich schimmernden Mantel
Den der herrliche Freund von den Schultern eben genommen
Trägt ihn zum Podium hinauf und hängt ihn schnell an den Ständer[,]
Der geographische Karten zu tragen gewöhnlich nur dienet.
Und es ergreift Gottscheber den Hut des lieblichen Hofmann
~~Trug~~ Hält ihn voll Jubel empor und hängt ihn neben den Mantel[;]
Aber der Goll steht einsam zur Seite und lacht im Geheimen.
(Denn seit längerer Zeit schon lebt er mit Hofmann in Feindschaft)
Bitter erbost begab sich der Edle und grimmig zum Sitze,
Wischt zuvor noch die Bank, die Schmidt ihm mit Kreide bestrichen –
Aber es schrei[t] der Codelli zum angstvoll erbebenden Hofmann:
„Schafskopf, du wirbelst ja Staub, daß ich beinah ersticke[!"]
Und er hielt sich den Mund und begann den Hofmann zu schlagen.
Wütend erhebt sich der [L]iebliche, bittere Schande zu rächen [–]
Doch schon tönet die Klingel, ~~der Stunde~~ den Beginn der Stunde
verkündend

Eilend nahet der Fink, den Tacitus unter dem Arme,
Hemmt in Staunen jedoch den Schritt – den Mantel gewahrend
Und den schwärzlichen Hut[,] am Kartenständer befestigt –
Mächtig erhob er die Stimme und sprach die geflügelten Worte[:]
[„]Welch unpassender Scherz[!] – wem gehören hier Mütze und Mantel?“
Und es brüllte die Klasse in hallendem Chore: „Dem Hofmann“
Da ergriff der Professor das Wort und legte die Stirne in Falten:
„Wahrlich das hätte ich[,] Hofmann, von Ihnen mir niemals erträumet,
Den ich als emsigen Schüler stets hab gekannt und geschätzet.
Tun Sie die Sachen hinweg und merken Sie sich für die Zukunft[:]
Kommen Sie mir nicht mehr mit <...?....> Witzen
Eilig erhob sich der Hofmann, ~~von Schuld~~ Verdacht von der Seele zu lösen
Und dem erzürnten Professor die schändlichen Täter zu nennen
Doch es begann Codelli ~~voll Eifer~~ das Vaterunser zu beten
Und im gewaltigen Chore erstickte des Hofmann Beschwören.
~~Als das Beten zu Ende und alle sich niedergelassen~~
~~Hob sich der Hofmann~~
Höchlichst bestürzt erhob sich der Edle und wankte zum Ständer
Trug die Kleidung zurück und Tränen entstürzten dem Auge[.]
Als das Beten zu Ende und alle sich niedergelassen
Wollte der Arme noch einmal sein Glück im Worte versuchen
Doch es eilte der Schmidt mit geflügeltem Schritt zum Katheder
Neigte das Haupt voll Anmut und sprach die bedeutsamen Worte:
[„]Bitt’[,] Herr Professor[,] mich heute in gnädiger Huld zu entschuld’gen
Wohnung weißeln wir nämlich und alles ist drunter und drüber.“
Gnädig nickte der Lehrer und entließ den fleißigen Schüler
Nahm ein Büchlein zur Hand und sprach zu der weiten Octava:
[„]Weil gestern Sonntag und frei nach Gregors, des Papstes[,] Kalender
Laß ich Gnade ergehen vor Recht und prüfe ~~heut~~ niemanden heute.“
Lautes Beifallgejohle erwidert den Worten des Lehrers;
Dieser lächelte dankend und sprach mit erhobener Stimme:

[„]Von des Augusts Monumentum, das zu Ancyra gefunden
Auf eine Tafel geritzt im Tempel des göttlichen Kaisers
Hab ich schon oft zu Ihnen – geliebteste Schüler – gesprochen
Heute nun hab ich ein Büchlein gebracht, mit gelblichem Einband
Vorträge über das Werk, erdacht von Professor Max Bohmann
Der als rühmlicher Forscher weithin im Lande ~~bekannt~~ <verehrt>
*[An dieser Stelle bricht das Manuskript ab.]*

*Alle handelnden Figuren dieser kleinen Erzählung haben real existiert, wie bereits ein flüchtiger Blick in die Jahresberichte des K.K. Staatsgymnasiums Marburg an der Drau beweist, das der Dichter acht Jahre lang, von 1897 bis 1905, besuchte. Zu dieser Zeit war dort ein Alfred Fink als „wirklicher Lehrer" angestellt und unterrichtete Latein und Griechisch. In Golls Klasse gingen ein Franz Codelli, ein Friedrich Gottscheber, ein Karl Hofmann und ein Alfred Schmidt; gemeinsam mit ihnen trat er im Studienjahr 1905 zur Matura an. Der zuletzt genannte Mitschüler verfasste einen Nachruf auf den Dichter, erschienen in der „Marburger Zeitung" vom 16. Juli 1912. Darin heißt es u.a.: „Dieselben Ziele, die wir mit gleicher Begeisterung verfolgt, haben uns auseinandergeführt, doch nie entfremdet. Und auch dort, wohin ich ihm noch lange nicht folgen will, werden ihn meine Freundesgedanken oft und oft suchen."*

## [Nestl und Berta]

### [Szenen einer Liebe]

~~Konzert. Am Vormittage schreib ich dir~~
~~Von der Quaestur: Vergiß es nicht: Beginn~~
~~Um Sieben~~
Konzert. Am Vormittage schreib ich dir
Vom deutschen Seminar: „Vergiß es nicht[:]
Um sieben Uhr Beginn. Halt' dich bereit.
Ich hol dich ab.“ Nur daß ein liebes Wort
Zu dir gelange: „Tausend Inniges.“
Mehr darf ich nicht. Du deutest < es gewiß >, wie du [e]'s kannst.
Dann wollen mir die Stunden nicht vergehn.
Der Abend kommt. Wie weich die Lüfte gehn[!]
Die Treppen hoch komm ich zu deiner Tür:
Kling, kling. Das Fräulein fertig? „Nein, noch nicht.
In ihrem Zimmer.“ Leise poch ich an.
„Nein, nicht herein! Im Speisezimmer warten!“
~~Noch fünf Minuten. „Schön geduldig sein.“~~
~~Schon zehn Minuten – Ha-~~ Noch 5 Minuten.
Beeil dich Kind! Wir haben hohe Zeit.
Glaub mir! Wir kommen sicherlich zu spät!
„Im Augenblick. Nicht ungeduldig sein [!“]
Da öffnet sich die Mädchenzimmertür
Und eine Glocke singt: Ich bin schon da.
Das weiße Kleid. Wie schön. Die braunen Flechten
In schlichten Wellen um die reine Stirne.
Ich möchte in die Knie sinken und
Die Hände falten: Gott, ich danke dir,
Daß solche Schönheit sich zu uns verirrt.
„Verzeih, hast warten müssen. Bist mir bös?“
Ach du, wie könnt ich denn! Nun aber komm
Zu Tische. Ja, du mußt nun essen, Kleines,
Daß du nicht hungerst, wenn es länger währt[.]
„Ich kann nicht mehr.“ Nein, etwas noch, ein bißchen!

Wir haben Zeit. So pünktlich geht's nicht an.
Glaub mir, wir kommen sicherlich zurecht.
Wenn du mich lieb hast. Ja? Nun bist du brav.
Der Mantel, [ ~~Liebste~~] < Traute >, wart, ich helfe dir.
Hast du die Karte, Schlüssel? Nichts vergessen?
Wir können gehn. Nein halt, schnell einen Kuß.
Das Mädchen sieht es nicht. Wie hold du bist! –
Mein Gott, so spät! Nun heißt es laufen, Liebling. –
Oh sieh, die vielen Menschen! Mühbeschwert
Und arbeit[s]überlastet ~~laufen <rennen> sie~~] hasten sie
~~Und hasten ohne Ruh und oft auch ohne Ziel~~
~~Und laufen ohne Ziel und ohne Ruh~~
Und stoßen[,] drängen, kennen nicht einander
~~Und haben alle doch das gleiche Ziel~~
~~In ihrer <all der> Eile merken sie es nicht~~
~~daß wir verstohlen uns die Hände halten.~~
Und sind doch nicht auf sich allein gestellt,
Sind Räder einer großen Weltenuhr[,]
Die immerfort im Kreise sich bewegen.
Ich möchte nie zu ihnen mich gesellen
Und muß doch einst. – Nicht denken, denken dran[!]
Komm nah zu mir, mein Kind, sie seh'n es nicht
Mit ihren trüben stumpfgeword'nen Sinnen[,]
Wenn wir verstohlen uns die Hände halten.
Und mir ist wohl ~~dabei~~.
Die heiße Angst verweht
~~die mir die ..... Brust umklammert hält.~~
die mir die Seele jäh umklammert hielt.
Doch sieh! Schon hier!
Die breite, teppichüberdeckte Treppe[!]
So führ ich dich dereinstens in mein Schloß.
„Wo liegt es denn?" Ach, noch im Monde[,] Kind!
Die Plätze! Hier! Zwar fast die letzte Reih',
Doch in der Pause setzen wir uns vor.
Der Diener merkt es nicht – ich tu' es stets.
Was siehst du so? Aha! Der Sänger dort,
Der mit dem schwarzen Bart. Ein schöner Mann.

Dein Ideal? Nu, wart! Ah, sieh dort nur
Das Mädchen mit den elfenblonden Haaren[!]
Entzückend, nicht? Mein Ideal. Du schmollst?
O, zürne nicht! Es war ja doch nur Scherz
Und Rache für den schönen schwarzen Sänger.
Ich hab dich lieb. Hab niemand lieb wie dich.
Doch stille. Es beginnt. Bist du noch bös?
Ein Lied! Wie schön. Das hört' ich gern von dir
Einmal. „Von mir? Ich könnt's ja doch nicht so!"
O, noch viel schöner, Kind. Du weiß es nicht.
In deiner lieben holden Stimme bebt
Und zittert dir die unschuldvolle Laute
In seligen Akkorden mit und formt
All, was du singst[,] zu innigem Gebet.
<......................>
<......................>
<......................>
Und schon am Ziel. So kurz schien mir der Weg
An deiner Seite. Schlaf nun süß, mein Lieb
~~Ein Engel möge deine Ruh behüten~~
Schutzengel mögen deine Ruh behüten
Und einen ~~goldnen Traum~~ <lichtgewebten Traum>
dir zeigen.
Wenn ich dir, Liebling, Holdes bin, von mir.
~~Sonst von den Blumen, die im Walde blühn~~
~~Und von den Sternen, die am Himmel~~
~~Kann ichs denn~~
Kann ichs dir sein? O, Dank für dieses Wort
Und süße, sel'ge, gnadenvolle Ruh.
Und morgen? Darf ich kommen? Bitte, ja?
Ich freu mich so. Und gute, gute Nacht. –
Noch eine Weile lausch' ich deinem Schritte[,]
Der treppenaufwärts mählich sich verliert.
Dann irr' ich heim. So ganz erfüllt von dir
Und ganz in dir erhellt. Die Luft ist lind
Und atmet Duft. Gedanken, ~~Wünsche~~ kommen, gehen

~~Und gehen~~
Von dir, zu dir, ich weiß es selber kaum
*[An dieser Stelle bricht das Manuskript ab.]*

*Der Titel stammt von dem Goll-Forscher Hubert Fussy und ist dessen nachgelassenen Aufzeichnungen entnommen, der Untertitel wurde vom Herausgeber hinzugefügt.*

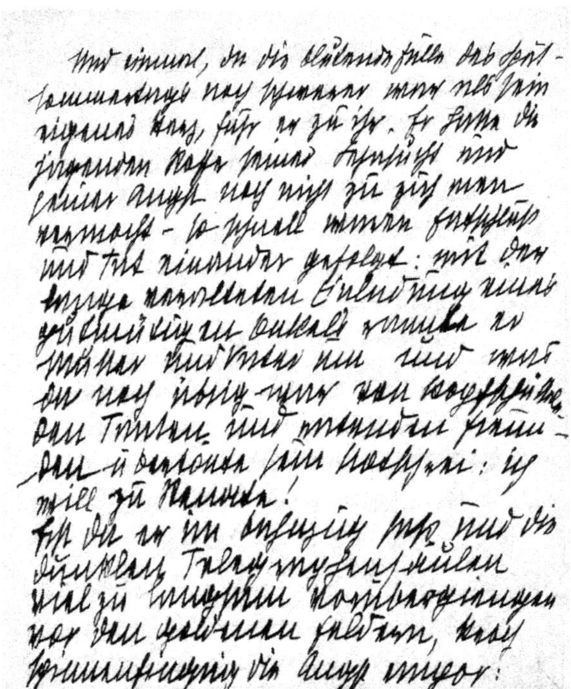

*Beginn des „Fragments einer Liebesgeschichte" (S. 231)*

## [Fragment einer Liebesgeschichte]

Und einmal, da die blutende Fülle des Spätsommertages noch schwerer war als sein eigenes Herz, fuhr er zu ihr. Er hatte die jagenden Rosse seiner Sehnsucht und seiner Angst noch nicht zu zähmen vermocht – so schnell waren Entschluß und Tat einander gefolgt: mit der lange veralteten Einladung eines gutmütigen Onkels rannte er Mutter und Vater um[,] und was da noch übrig war von kopfschüttelnden Tanten und ratenden Freunden übertönte sein Notschrei: [I]ch will zu Renate!

Erst als er im Bahnzug saß und die dunklen Telegraphensäulen viel zu langsam vorübergingen vor den goldenen Feldern, kroch spinnenfingrig die Angst empor: Sie wird dich verleugnen vor all den fremden Augen. So fährst du in die dunkle Stunde, die dein Glück zerbricht.

Doch siehe! Aus der Not seines Herzens trat ein Goethelied auf seine Lippen – das schönste von allen und ganz in Jubel und Glückseligkeit getaucht:

Wie lieblich leuchtet
Mir die Natur!

Noch brandeten Wellen aufsteigender Angst an seine Brust. Doch kamen sie klein und kleiner, verebbten endlich ganz. Denn das Lied geleitete ihn lachend und jubelnd den langen Weg die Hopfengärten des Sanntals vorüber und verträumte Waldhänge entlang, aus denen Erika in roten, glitzernden Bächen floß. Und wurden ihm die Lippen müde, pochten die Wagenräder den Rhythmus von neuem:

Mädchen, o Mädchen
Wie lieb ich dich,
Wie sanft dein Auge,
Wie liebst du mich!

Der Bahnzug mußte nahe dem Hause vorbei, darin Renate weilte. Da sank er tief in das Dunkel des Wagens zurück. Sie konnte in der

weinumsponnenen Veranda sitzen oder im herbstgelben Garten und durfte ihn nicht sehen.
Ihre Freude sollte nahe sein vor seinen Augen. Oder ihre Bestürzung. Wer konnte es wissen.
Dann stieg er aus und schlich geduckt und scheu an das vertraute Haus.
Renate saß im Garten. Sie sah nicht auf, bis Walter vor ihr stand, im wehenden Mantel[,] und die Arme breitete. Da stand ihr das Herz still in Schreck und Freude. Zwei Augenblicke saß sie blaß bis an die Lippen und konnte sich nicht erheben. Dann stürmte ihr das Blut jauchzend in die Wangen ~~und sie flog~~[,] dann flog sie an seine Brust.
Du! Du!
O daß du kamst!
Ich hatte Angst. Zürnst du mir?
O, du!
~~Es war, als~~ Kein Auge war ihrer gewahr. Kein fremder Schritt störte ihr jauchzendes Glück. Es war[,] als hielten des Hauses und der Straße lärmendes Getriebe eine atemlose Minute an, daß Walter und Renate einander genießen konnten. Weil sie in Sehnsucht gewartet hatten so viele Tage lang.
Dann klirrte ein Fenster – da schreckten sie auf. Und schritten aufrechten Hauptes in das Haus.
Gold floß um ihre Scheitel.

– – – – – – – – – – – –

Am Abend saßen sie tischgetrennt und schwiegen verschwistert in das Hin und Wieder der Onkel- und Tantenstimmen. Manchmal nur holten sie zitternd ein Wort aus den aufgescheuchten Herzen und sprachen es mit furchtsamen Lippen aus. Das war ein fragendes [„]Wie?[“] oder ein „Ja“ und „Nein“ oft sehr zu unrechter Zeit.
Da lächelten sie und wurden wieder still. Nur ihre Augen wanderten, grüßten einander und redeten:
O, daß wir in engem Zimmer sitzen und so weit getrennt. Siehst du vor den blauen Fenstern den Garten? Mondlicht ist auf den Wegen. Und eine verlassene Bank wartet unser …
Da sprach eine warme, dunkle Frauenstimme erlösend in ihre Not:
Geht doch voraus in den Garten – ihr wollt ja gerne zusammen sein …

Vier strahlende Lichter brannten auf in ungläubigstem Entzücken.
*[An dieser Stelle bricht das Manuskript ab.]*

*Variante:*

Und eines Tages, da die blutende Fülle der ~~Herbst~~ Spätsommerreife noch schwerer war als sein Herz, fuhr er zu ihr. Er hatte die jagenden Rosse seiner Freude und seiner Gedanken nicht zu zähmen vermocht: so schnell waren Veranlassung, Entschluß und Handeln einander gefolgt. Mit der <lang> veralteten Einladung eines gutmütigen Onkels aus dem kleinen Orte, darin Renate weilte, rannte er Vater und Mutter um[,] und was da noch übrig blieb von sorgenden Tanten und kopfschüttelnden Freunden übertönte sein lauter Jubel. – Erst als er im Bahnzug saß, der viel zu lange durch die Heimatfelder rollte, kroch spinnenfingrig die Angst empor: [W]as werden sie nun alle sagen, wenn ich so plötzlich da bin? Bringt die Stunde neues Leid? … Aber wie ihm die Freude jäh verstummen wollte[,] siehe, da sprang ihm eine Melodie in die Lippen, die lange in seinem Innern gelegen hatte, vergessen und tausendmal übertönt vom Lärm des Tages: Goethe-Beethovens „Mailied“. Und das Lied – das zweier Menschen inbrünstigen Jubel zu einem purpurroten Strauße bindet, für alle Zeiten Friederike Brion zueigen und der „unsterblichen Geliebten[“] – geleitete Walter den ganzen sonneüberfluteten Weg. Hielten seine Lippen stille, so schlugen die Räder den Rhythmus an, daß er es wieder summen mußte:

Mädchen, o Mädchen
Wie lieb ich dich,
Wie lacht dein Auge,
Wie liebst du mich

Und ausklingend in das Hosiannah der Freude:

Sei ewig glücklich
Wie du mich liebst!

*[An dieser Stelle bricht das Manuskript ab.]*

# [Bericht einer Dirne]

## [Erstes Fragment]

[„]Oft stand ich hinter ihm, wenn er malte. (Er tat es immer unter freiem Himmel.) Da war oft ein Wald mit schlanken Stämmen, unendlich müde und traurig, oder stand ein Haus, daraus sahen Elend und Not …
~~In seinen Bildern~~ Er aber stand da und malte. Und ehe seinen Bildern noch die letzten Lichter aufgesetzt worden, lag darüber <.............> Ich glaube, er hatte die Gabe, seiner lieblichsten, lichten Seele einen Hauch dareinzulegen. –
Er war Künstler. Aber mich dünkt[,] er war es nicht, weil er so köstliche Bilder malte … Er war Künstler, weil er die Welt mit so klaren, // *ruhigen* // durstigen Augen sah, weil er allem, das da war, eine lichte schöne Seite abgewinnen konnte.
Eines Tages nahm er mich.
Er starb, noch ehe er die Zwanzig erreichte. Auch darin lag nichts Bitteres für mich. Er war aus besserem Stoffe geformt, deshalb mußte er in dieser armen, trüben häßlichen Welt zerbrechen.
Das ist so einfach, so selbstverständlich. //
Er schläft in seiner, unserer Heimat Erde. Sein Grab ist ein einziges Bett von Blumen. Ich glaube[,] sie blühen hier, ohne daß jemand sie sät … Sie wachsen aus blassen Gründen …
Tja, nun hab ich ihre Geduld wohl erschöpft … [“]
Mein Blick sah fragend erst nach dem Bilde[,] dann nach ihr. Sie nickte schweigend.
Ich weiß nicht[,] warum ich die Hand der Dirne küßte, eh’ ich ging.
Ich sah sie noch öfter, immer still und mit sehnsüchtigen Augen in derselben Ecke lehnen. Dann eines Tages blieb sie aus. Sie trug wohl ihre Sehnsucht an einen anderen Ort.

## [Bericht einer Dirne]

### [Zweites Fragment]

Aber ich habe in all diesen Tagen nie ein häßliches Wort von seinen Lippen gehört … all das, das er ~~spra~~ redete und tat, war, als ob er es so reden und tun müßte. Es war nie etwas Gezwungenes an ihm.
Nur wenn wir dann[,] müde geworden[,] irgendeine Schenke aufsuchten, bestellte er immer zuerst ein Glas. Darein stellte er die Blumen, die wir unterwegs gepflückt hatten. Es war dann immer etwas Sonntägliches da <?> – – Manchmal war es nur ein Zweiglein Erika oder eine Handvoll Margeriten … aber es war so schön, es lag Poesie darinnen.
Es war[,] als hielte er immer einen Kranz von Rosen in seinen Händen, alles Trübe und alles Weh damit zu verhüllen. Und es war <da> nichts so häßlich und grau, daß dieser Rosenkranz es nicht versteckte.
Dann mußte er fort. Studienhalber nach München und Paris ~~und wir nahmen Abschied~~. Ich weinte nicht, als wir Abschied nahmen. Mir ist, als hätte er auch um diese ~~trübe~~ traurige Stunde ~~leuchtend~~ duftende Rosen gewunden. Er sprach mit leisen Worten von all den schönen Tagen[,] die wir zusammen erlebten, und wie die Erinnerung daran in unseren Herzen wachsen und uns wärmen würde. Er war so heiter und sicher in dieser Stunde und baute bestimmt darauf, daß wir uns wiedersehen …
Dann ~~eines Morgens~~ geschah es[,] daß ich eines Morgens erwachte und die Mutter tot war. Und weil ich nun aller Menschen ledig dastand, pochte ich bei Freunden und Bekannten um Rat und Hilfe …
Aber sie kamen des Abends in mein stilles Zimmer und redeten davon[,] wie sie mir gerne hülfen, da ich so schön und freundlos wäre. Und kamen so immer wieder … und, und verlangten, daß ich ihren Rat und [ihre] Hilfe bezahle. Willenlos, stumpfsinnig gab ich mich ihnen hin. Aber ich fühle all das Häßliche wie einen Alb auf meiner Brust. Manchmal bildete ich mir ein, ich könnte <.....?.....>.

Aber sie verstanden es nicht, sie kamen alle mit so rohen Gefühlen ~~zu mir~~.
Wie ich hierher kam? Einer nahm mich zu sich in die Stadt. Doch ließ er mich stehen. Ein paar Tage schleppte ich mich weiter. Dann ging ich hierher. Not ~~und~~, Entbehrung, <...?...>
Ein Dach über dem Haupt, wo, war mir gleich.

## Bericht einer Dirne

### [Drittes Fragment]

Unter Sehnen // *Weinen* // und Bangen ward ich die Seine, aber es war nie Lust und Freude in mir.
Und als wir dann erschöpft // *ermattet* // in den Kissen lagen und ein Gefühl wie Scheu und Reue in mir aufsteigen wollte, erhob er sich, als ob er es fühlte[,] und stand mit seinen schlanken geraden <............?............> und suchte all die <Rosen>blüten und legte sie wie einen lichten Glorienschein mir um das Haupt. Und kniete nieder und stammelte einen trunkenen Hymnus auf meines Leibes Schönheit.

## [Im Waldasyl]

### [Eine Tischrede]

Rastlos treibt uns das Leben für und wieder. In keuchendem Wirbel entfliehen uns Stunde um Stunde[,] rinnt uns der Jugend köstlicher Kleinod wie Perlenschnüre aus ~~zitternder Hand~~ taumliger Hand. Lenzstürme und herbstlicher Blätterfall, sengende Sommerglut und still verschneite Wintertage.

~~Hier und dort eine rote Blume Glück.~~ Rastlos treiben die Stunden weiter, weiter! ~~Da blüht~~ nur hier und dort eine ~~rote~~ <duftende> Blume ~~Glück~~, Glück, Feiertag im Herzen. Ein Blütensträußlein von lieber Hand, ein roter, durstiger Mund. Wir möchten weilen, recken sehnend die Arme. Da jagt das Leben fort. Vorbei, vorbei …

Hier und dort ein schwarzes Kränzlein. Da starb ~~uns~~ <ein> sonniges Kinderlachen in uns oder eine märchenhafte Seligkeit des Glückerfassens. Da geleiten wir einen lieben Weggenossen in die kalte, finstere Erde. Wir möchten stillestehn, möchten ~~rück~~ sinnend rückwärts schauen, möchten weinen, weil wir so arm geworden. Aber das Leben taumelt weiter, ruhelos, hastend Stunde um Stunde, Tag um Tag.

Aber ein[-,] zweimal, wenns hoch kommt dreimal im Jahr gönnt uns das Schicksal ein[en] Ruhetag, beut uns das Leben eine grünumsponnene Laube auf de[m] elenden Weg. –

Da lehnen wir weit den Kopf zurück. Kommt die wundersame, lang entbehrte Rast, steigen uns dann Brunnen der Erinnerung [an] märchengleich langvergessene Tage, schlafengangenes Glück breitet sich ~~sehnsucht~~ vor uns, ~~sehnsuchtweit~~ firnenblau in strahlender Weite sonnenhell kommender Tage.

Im Waldasyl, im grünumkränzten Reiche kaum erschlossener Frühlingspracht bereiten uns liebe Menschen das Fest. Das Fest der Ruhe, den Feiertag der Erinnerung, die Weihestunde hoffenden Vorwärtsschauens. Seht, eine große kindische Freude quillt mir die Brust herauf. Was ferne schien und war, wertet ~~verklärend~~ <stiller>er Gedanke zu seligem Besitz und dieser Stunde Lieblichkeit ist eine Blüte mehr im Rosenkranze meiner Wanderfahrt durch die blühenden Gärten der Welt.

In blauer Ferne dehnen sich ungeborene Tage. Meine Sehnsucht wirft den blauen Schleier himmlischer Schöne darüber hin. Meine Sehnsucht und meine Angst, meine Angst davor, ich müßte dereinst mit brechenden Augen klagen: Ich war auf einem hohen Berg, darnieder sich strahlend ~~das Reich~~ die Welt der Schönheit bereitet[,] und hätte das gelobte Land mit Füßen nie betreten.

Diese Feierstunde im Waldasyl lehrt mich die Arme breiten, lehrt mich jauchzen ins ungewisse Leben, auf daß es wiederjauchze, Glück, Jubel [und] Freude auf seinen Schwingen. Diese Stunde lehrt mich ins jagende Leben zurück mit erlösendem Lachen eilen, mit Wandervogelsehnsucht hinüberschweben über das jagende Treiben, soviel <Freude und> Hoffen[,] soviel Glückerwarten im Herzen als diese Welt der Schönheit ~~Freude~~ Glück und Freude je erfüllen kann.

Für diese Stunde Feierabend danke ich aus bewegtem Herzen dem lieben Hause, dessen aufdringlich häufiger Gast ich seit vielen Jahren bin, danke ich den lieben ~~holdselig~~ goldschönen Menschenkindern, die sie mit dem Zauber ihrer jungen Schöne wundersam bekränzen. –

Dieser duftende Trank[,] von meinen dürstenden Lippen getrunken[,] ~~sei Segenswunsch~~ bedeute Ihnen Glück und Freude und Segen alle Tage heut und immerdar. Das walte Gott. – –

## [Elsa oder Das Ende der Kindheit]

### Ein Dramenfragment

*Personen:*

Elsa, ein Mädchen von 15 Jahren[21]

Die Frau Baronin

Robert, ihr älterer Sohn, ein Soldat

Kurt, ihr jüngerer Sohn, ein Kind von ungefähr sieben, acht Jahren, „Kurti" gerufen.

Heinz, ungefähr im selben Alter wie Elsa, arbeitet als Kurts Erzieher im Schloß der Baronin

Fräulein W., Elsas Gouvernante

Josef, ein Freund der Familie

Ein Arbeiter, spricht mit Berliner Zungenschlag

*Ort der Handlung:* ein Schloß in der Nähe einer großen deutschen Stadt
*Zeit:* um 1900

21 Im Manuskript scheint an zwei Stellen, an denen über sie gesprochen wird, die Namensvariante „Ella" auf. Zugunsten einer konsequenten Schreibung blieb diese Variante hier unberücksichtigt.

## [*I. Im Salon der Baronin*]

[ELSA:] <..............................> wie mit meinen Puppen.

[FRÄULEIN W.:] Sehen Sie, das nich. Nun sind Sie fünfzehn geworden … sollen lange Kleider tragen und haben den Kopf noch voller Spiele …

[ELSA:] Nich wieder schelten[,] Fräulein. Ich will ja bald ganz vernünftig sein. ~~Nur~~ Es ist ja nur, weil ich immer so allein bin. Tante ist auf <......>hof oder bei Pastors und Sie spielen Tennis mit Robert oder studieren die „Gartenlaube" … Da –

[FRÄULEIN W.:] Sie sollten eben auch lesen …

[ELSA:] Ach Gott, davon versteh' ich ja nichts, was Sie und Tante <......> und meine Märchen weiß ich alle schon auswendig. ~~Sagen Sie~~ Fräulein, nicht wahr, es gibt auch noch andere Märchenbücher? Warum bringt Tante mir nie welche mit?

[FRÄULEIN W.:] Weil sie ~~nun~~ nicht mehr für Sie passen. Wann, Baronesse, werden Sie endlich die Kinderschuhe von den Füßen streifen[?] Es wäre nachgerade Zeit …

[ELSA:] Mutt~~chen~~<iny> sagte noch … bevor sie starb <................> Glauben Sie, daß Muttiny mir auch das Kinderzimmer genommen hätte?

[FRÄULEIN W.:] Ich glaube gewiß, Baronesse, nun Sie so groß geworden sind …

[ELSA:] Vielleicht haben Sie recht[,] aber manchmal dünkt es mich auch, Muttiny hätte es mir gelassen[,] solange <...............>. Muttiny war ja so gut …

[FRÄULEIN W.:] Warum kommen // *fangen* // Sie immer mit dem // *an* //? Es ist ja gewiß sehr traurig, daß Sie so früh beide Eltern verloren haben. Aber das läßt sich nun mal nicht ändern. Es ist ja immer noch gut, daß Sie Tante [–]

[ELSA:] Ach Tante!

[FRÄULEIN W.:] Was haben Sie gegen die Frau Baronin?

[ELSA:] Nichts, gewiß nichts[,] Fräulein. Ich muß sie ja auch gerne haben, weil sie für mich sorgt und <...........> Aber, ich weiß nicht, sie sieht mich immer so an … so forschend, so fragend, als ob … als ob sie was von mir haben wollte.

[FRÄULEIN W.:] Aber Baronesse!

[ELSA:] Fräulein, werden Sie niemand etwas sagen, wenn ich Ihnen erzähle, was mir manchmal durch den Kopf geht[?]

[FRÄULEIN W.:] Seien Sie ruhig, gewiß nicht!

[ELSA:] Ihr größtes Ehrenwort? Sie Fräulein, wenn man das nicht hält, kommt man in die Hölle.

[FRÄULEIN W.:] Also mein größtes Ehrenwort, Sie olles Kind! –

[ELSA:] Sehen Sie – aber es ist ja vielleicht nicht wahr – ich glaube die Tante will – weil ich ja doch das Gut und das Vermögen von Papa …

[FRÄULEIN W.:] Baronesse, wer hat Ihnen?

[ELSA:] Aber erschrecken Sie doch nicht so!
Aber wenn sie Geld brauchen, warum nehmen sie es dann nicht[?] Ich hab es doch nicht verwehrt.

FRÄULEIN W. (*erleichtert*): Ach so, Sie meinen … Aber das ist ja nicht wahr. Wie können Sie nur denken? – Nun aber ans Studium[!] Also Karl der Große regiert von [… ?]

[ELSA:] Karl – der Große … ~~Fräulein~~ regiert von … Fräulein, glauben Sie, daß Tante …

[FRÄULEIN W.:] Suivez donc! Et repondez!

[ELSA:] Karl … der Große … regiert von siebenhundert …

[FRÄULEIN W.:] Nein, acht …

[ELSA:] Acht …

[*Auftritt die Baronin.*]

BARONIN: Guten Abend, Fräulein! Verzeihung, wenn ich … Ah, Geschichte[!] Karl der Große, der Vertrag von Verdun – ein wichtiges Kapitel … Nun, ist Elsa fleißiger?

[FRÄULEIN W.:] Ich danke, Frau Baronin. Haben Frau Baronin einen Wunsch?

[BARONIN]: Nein, ~~ich dachte~~ ich wollte nur, ich dachte, die Dienstleute … Um wieviel Uhr haben Sie die Arbeiter bestellt[?]

[FRÄULEIN W.:] Um 5 Uhr, Frau Baronin … Ich dachte, weil wir solange Stunde hätten …

[BARONIN:] Es ist gut so, Fräulein … ich danke Ihnen. <?>
Also, nun kriegt Elsa ihr ~~großes~~ schönes Mädchenzimmer.

[ELSA:] Ja, Tante …

[BARONIN:] Gestern sind die Pläne aus der Stadt eingetroffen. Du kannst sie nach Tisch ansehen, Elsa.

[ELSA:] Ja, Tante … Ich möchte nur wissen, ob, ob auch ~~dieses~~ das Bild über meinem Bette fort muß.

[BARONIN:] Wohl Elsa, das paßt ~~gewiß nicht~~ ja doch nur in ein Kinderzimmer.

[ELSA:] „Lasset die Kleinen zu mir kommen![“]

[BARONIN:] Du bist nun schon groß … bekommst demnächst ein langes Kleid.

[*Auftritt Robert, in der Uniform eines Soldaten.*] *Freudige Bewegung Fräulein W.s.*

[BARONIN:] Ah[,] Robert[!] Ich dachte dich nicht so schnell …

[ROBERT:] Verzeihung, ich wußte nicht …

[BARONIN:] Du störst nicht. Wir wollen es für heute genug sein lassen, Fräulein. (*Zu Robert*) Nun?

(*Robert sieht zum Fräulein und* [*zu*] *Elsa.*)

[BARONIN:] Nicht wahr, Fräulein, Sie nehmen Elsa eine Viertelstunde mit sich in den Garten[?]

[FRÄULEIN W.:] Gerne, Frau Baronin.

(*Elsa und Fräulein ab. Pause. Robert starrt vor sich hin.*)

[BARONIN:] Nun?

ROBERT (*schüttelt den Kopf*): Nichts.

[BARONIN:] Unwiderruflich?

[ROBERT:] Unwiderruflich!

[BARONIN:] Du hast gewiß wieder nicht die richtigen Worte // *oder ähnlich* //

[ROBERT:] Ach ja, zwei volle Stunden hab ich <.........>, daß mir am Ende der Schweiß auf der Stirn stand. Ich weiß nicht, was ich alles <.........>. Es fehlte nicht viel, so wär' ich auf den Knien vor ihm gerutscht. Trotz Degen und Schärpe. Aber er stand, als hätt er <........> Eisen. Du ~~weißt~~ ahnst ja gar nicht, so dort zu stehn und nach Worten zu fischen, und nur immer das allerhöflichste … nur zur Sache <?> … und nicht aufzuschreien aus Ekel vor sich selber und der Welt.

[BARONIN:] Robert!

[ROBERT:] Wenn ich nur ein Teil davon gerechnet hätte, weiß Gott, ich hätte nicht so toll gewirtschaftet mit dem Gelde.

[BARONIN:] Und was sagte er?

[ROBERT:] Er ließ mich ganz ruhig ausreden. Von Zeit zu Zeit sah ich ihn an … und wie er da immer so unheimlich ruhig dastand, faßte mich die Angst und ich redete weiter, immerfort, dies und das. Daß ich meinen Namen nicht <........> daß ich stürbe, wenn ich diesen Rock ausziehen müßte, daß ich dich zugrunde richten <........> ah, ich weiß nicht mehr … Und als ich endlich nichts mehr wußte und stille ward, kam er heran, faßte mich beim Knopf – so – das Stillhalten allein war Qual und Pein … und sah mich an und sagte: [„]Sehen Sie, Baron, ich hätte Ihnen vielleicht noch Zeit gelassen, wenn nicht die Geschichte mit Comtesse … wenn Sie mich nicht so lange an der Nase herumgeführt hätten. Es tut mir leid.[“] Ich kann dir nicht sagen, wie er das sagte –: „Es tut mir leid“, so die Hände vor den Schultern weisend. Lieber <........>, als noch mal das hören zu müssen.

[BARONIN:] Du übertreibst.

[ROBERT:] Gar nicht übertrieben. Und das Ekligste an der Sache ist, daß er recht hat. Sieh, ich kann ja nichts dafür, daß die Comtesse sich an den <...?...>jüngling hing ~~weg warf~~ // *in die Arme warf* // ich habe ja auch nicht ahnen können, wo ich das Jawort schon so gut wie in der Tasche hatte – aber er ist der Gefoppte, ich ließ mir's auch nicht bieten … Ich sagte ihm's auch.

[BARONIN:] Was half's?

[ROBERT:] <?> [„]Ob Sie was dafür können, sehen Sie, das weiß ich nicht, es ist auch <?> einerlei, der Gefoppte war ich doch. Nur kein Pardon! Keines![“]

[BARONIN:] Also bleibt uns nichts übrig …

[ROBERT:] Als sich eine Kugel durch den Kopf zu jagen. Ja, sonst bleibt uns nichts …

[BARONIN:] Du hast mich nicht aussprechen lassen: Also bleibt uns nichts übrig als – Elsa.

[ROBERT:] Mutter! Das nicht … das nicht[!] Noch wird sich ja was finden lassen.

[BARONIN:] ~~Außer du qui~~ Ich weiß nur noch das eine: Du quittierst.

R[OBERT] (er*schauernd*) Ich kann nicht.

[BARONIN:] Also … mit <...?...>

[ROBERT:] Sieh, Mutter, ich bin ja leichtsinnig gewesen, fabelhaft leichtsinnig, Mutter. Aber ich will kein Schurke sein.

[BARONIN:] Robert!

[ROBERT:] Das Mädel ist 15 Jahre <......> ahnt mit keinem Hauche, daß es zum Gegenstand gemacht würde

BAR[ONIN:] <....................................>

[ROBERT:] Oder nimm an, Sie hätte bereits … nein, das ist nicht zu denken[;] hat ja den Kopf voll Märchen und Puppenlieder, aber es kommt einer, <...?...> oder <......>, und sie findet Gefallen

[BARONIN:] Dem muß eben vorgebeugt werden. [Wir] stecken sie in eine Pension oder zu Tante <........>

[ROBERT:] Aber das ist ja alles [–] ich kann sie doch nicht heute oder morgen heiraten mit ihren fünfzehn Jahren.

[BARONIN:] Aber du kannst dich heute oder morgen mit ihr verloben.

[ROBERT:] ~~Mutter~~ Das wird <......>. Glaub, Mutter!

[BARONIN:] Ich spreche nicht für dich allein. Ich spreche auch für mich und Kurti. Ich weiß keinen anderen Weg. Oder wir sitzen auf der Straße …

[ROBERT:] Ja, ja, ich weiß, wir leben ja alle von Elsas Gnade, kein Handbreit Erde[,] [der] uns gehört, weiß es bis zum Überdruß … es ist kein anderer Weg, ich weiß, ich weiß … aber das Kind, Mutter, das Kind!

[BARONIN:] Das laß meine Sorge sein. (Das Kinderzimmer laß ich heute fortschaffen, du siehst, die Kästen stehen schon alle leer … dafür ist ein Rokokozimmer bestellt … die Pläne sind eben da.) Die Kinderträume vertreib ich ihr langsam. Das denk' ich, wo ich geh' und stehe. Ich bin die einzige im Hause, die immer weiß, was sie tut. Ich sehe klar, daß nichts anderes übrig ist … Seit Jahren klar. Ehe noch meine Schwägerin starb <?>, dachte ich daran, daß aus dir und Elsa ein Paar werden müßte, wollen wir nicht alle von vorne anfangen müssen.

[ROBERT:] Papa hat angefangen. Unser schönes Gut (am Rhein) <?>

[BARONIN:] Herabgewirtschaftet. Ich sah es kommen schon all die Jahre zuvor. Und konnte mich nicht wehren. Du weißt ja, wie uns allen die Hände gebunden waren. Wir hatten ja alle Angst vor ihm. Da bin ich hart geworden. Und dachte immer das eine. Er hat, sein Glück zu mehren // *bauen halten* //, uns alle in Not gestürzt. Und pochte bis zum letzten Atemzug auf seines Namens Ehre. Dürfen wir nun unser bißchen Wohlsein hier zu halten, nicht Elsas Glück … Sie steht uns ferner, als wir ihm standen.

[ROBERT:] Mutter!

[BARONIN:] Schließlich, ihr Unglück ist's ja nicht.

Und was ist's? Du bist jung[,] auch nicht von den Häßlichen einer, es ist ja schließlich nichts anderes, als ob [es] so bliebe <......................>

Du schreibst … ~~und bittest um Prolongierung~~ ob du mit Prolongierung zu rechnen hättest, wenn du dich mit [Elsa] verlobst.

[ROBERT:] Mutter, ich nicht zuerst <......................>

// *abschließen* //

[*Neue Szene* :] *Elsa. Abschied vom Zimmer*

[BARONIN *(zu den Möbelpackern)*:] Ja, Sie können ruhig. Robert und ich gehen ins <..................................>. Elsas Kinderzimmer. Die Möbel kommen auf die Insel. Achten Sie, daß Sie nichts beschädigen[!]

[ARBEITER:] Jawohl, Frau Baronin.

*[Baronin mit Robert ab. Elsa erscheint in der Tür.]*

ELSA: Ah!

[ARBEITER:] Ja, Baronesse, nu schleppen war Ihr Kinderzimmer fort.

[ELSA:] <?> Ja, ich weiß … Tante hat <...............> Nur, Sie müssen mir Zeit lassen, bis ich die Bücher in Fräuleins Zimmer …

[ARBEITER:] Sie können ruhig … der Schreibtisch kommt noch nicht dran.

[ELSA:] Nein, bitte, bitte, gehn Sie solange in den Garten. Ich will nur noch … Ja[,] Sie müssen[!]

[ARBEITER:] Wenn Baronesse –

[ELSA:] Ja! Ja! Gehn Sie, gehn Sie …

[*Die Möbelpacker verlassen den Raum; Elsa im Folgenden allein.*]

[ELSA:] Also auf die Insel, auf die Insel! ~~Ob mein neues~~ Die blauen Gardinen, liebe, liebe <.........................>. Ob mein neues Zimmer auch blau <.............> – ich habe Blau so gerne. Ich glaube, das ist die Farbe der Kinder. Weil der Himmel … denn ihrer ist das Himmelreich … Ja, du auch, du mit dem lieben Gesicht und den segnenden Händen … Wovor soll ich jetzt beten, wenn ich abends zu Bette gehe[?] … und ich werde nicht schlafen können, wenn deine Augen nicht über mir wachen. Ich bin ja ~~so ein dummes~~ noch so ein dummes törichtes Kind // *(Faust?)* //

<..........................................................................>

<..........................................................................>

[*zu ihren Puppen:*] Ihr auch, ihr auch … Gitte und <................>. Ihr paßt ja nicht zu den seidenen Möbeln und vergoldeten Spiegeln, wie Fräulein sagt. <........?........> Werdet ihr nicht mehr bei mir schlafen?

(*Die Möbelpacker kehren zurück*)

[ARBEITER:] Baronesse, ich globe, die Bücher …

[ELSA:] Achja, die Bücher …

[ARBEITER:] Nich wahr, Sie sagten, die Bücher …

[ELSA:] Die Bücher … Geschichte, Lesebuch, [„]Der Kleine Däumling“ … ich geh schon … und die Hefte …

(*Sie geht langsam nach rückwärts ab.*)

[ARBEITER:] Ja, unsere Baronesse Elsa, was die ist, die hat noch wenigstens ‘n Herz im Leibe.

(*Vorhang*)

[ELSA:] Sagen Sie, Josef, warum kommt denn Ihre <............> nicht mehr zu mir[?]

[JOSEF: *(im Vorübergehen)*] Ja, gnädigste Baronesse, die Frau Baronin meinte, Bar[onesse] seien schon zu groß.

[ELSA:] Ach ja, für alles bin ich zu groß.

[JOSEF:] Die Frau Baronin verträgt halt den Lärm nicht.

(*Er grüßt [und geht ab. Auftritt Kurt.]*)

[KURT:] Elsa!

[ELSA:] Ja, Kurti[?]

[KURT:] Elsa, es ist eine Pflaumenfrau vor dem kleinen Tor.

<...........................................................................................>

[KURT:] Elsa!

[ELSA:] Ja, Kurti, ~~du siehst~~

[KURT:] Elsa, ist das wahr, daß du sehr reich bist …

[ELSA:] Wer sagt das[,] Kurti?

[KURT:] Mamsell hat erzählt, gestern, wie <..................>

[ELSA:] ~~Nein!~~ Ich weiß es nicht … weißt du, ich habe halt das Gut und das Vermögen von Muttiny …

[KURT:] Also, das Schloß gehört nicht Mama!

[ELSA:] Ich weiß es nicht gewiß, aber ich glaube, es gehört mir.

[KURT:] Warum haben es nicht wir geerbt[?]

[ELSA:] Aber Kurti! Denk doch! Weil ich das einzige Kind war.

[KURT:] Und, Elsa, was wäre, wenn du krank würdest und stürbest[?] würden dann wir das Gut haben?

[ELSA:] Nein, Kurti, dann bekäme es mein Vetter aus der Nebenlinie.

[KURT:] Ja, aber uns mußt du nich arbeiten lassen.

<.........?........>

[KURT:] Elsa!

[ELSA:] Ja, Kurti, was willst du schon wieder[?]

[KURT:] Elsa, wenn du so reich bist, hast du auch ein Geld für Pflaumen[?]

[ELSA:] <...?...> Ich spüre zwar von meinem Reichtum noch nichts, aber für Pflaumen hab ich gerade. (*Gibt ihm.*)

[*Auftritt*] *Heinz.*

[HEINZ:] Nun, du kleiner <...?...> Wohin? Pflaumen kaufen? Vor dem Tore sind welche.

[KURT:] Laß mich, Elsa ist da …

[HEINZ:] Na, lauf[,] Kurtchen. Wieviel krieg ich denn[?]

[KURT:] Gar keine. Selber kaufen.

[HEINZ:] Wart, Schlingel; dich krieg ich noch. (*Zu Elsa*) Gott, Elschen!

[ELSA:] Abend, Heinzi, so lange warst du nicht …

[HEINZ:] Verzeih, aber ich glaube, ich glaube, man sieht es nicht gerne, wenn ich nach <......>
Und wenn ich mit Kurt Stunde halte, arbeitest du auch gerade …

[ELSA:] Ja, Heinzi. Aber du bleibst, nicht wahr[?] … Komm, wir rücken uns ein Winkelchen zurecht, ja?

[HEINZ:] Laß mich [machen], Elschen[!] So du hier im Lehnstuhl, ~~und ich so~~ so, so daß die Sonne auf deinen Haaren liegt … ~~und~~ ich zu deinen Füßen, seh auf mit Himmelsruh … und hier … ja[,] wo sind Gitte und <......> fort?

[ELSA:] Fort! Ja, alles fort! Mein Kinderzimmer, die Puppen und das Bild mit dem Heiland.

[HEINZ:] Dein Puppenzimmer. Ja, aber sag, ~~wieso~~ warum, Elschen?

[ELSA:] Tante meint, ich wäre nun zu groß, ich bekomme dafür einen Rokokosalon mit seidenen Möbeln und gold-<...?...>

[HEINZ:] Kindchen, Kindchen, was machen sie aus dir?

[ELSA:] Was sagst du da?

[HEINZ:] Nichts, Elschen, nichts, ich meine nur, es ist mit allem so[,] das man lieb hat.

[ELSA:] Mit allem? Warum, wenn man es weiß, hat man's denn dann so lieb[?]

[HEINZ:] Vielleicht gerade deshalb. Wenn es so immer bliebe, hätten wir's am Ende gar nicht gern. Weißt du, was Goethe sagt[?] Alles auf Erden läßt sich ertragen, nur nicht eine Reihe von glücklichen Tagen[.]

[ELSA:] Du, das versteh ich nicht.

[HEINZ:] Ich hab auch an was anderes dabei gedacht.

[ELSA:] Du Heinzi?

[HEINZ:] Ja[,] Elschen!

[ELSA:] Aber du darfst es niemand sagen. Ich will nun mal zur Insel rudern und mein Kinderzimmer besuchen.

[HEINZ:] Ja, Elschen und da soll ich dich wohl begleiten?

[ELSA:] Nein, nur den Kahn losmachen[.] Du weißt, ich kanns nicht mit meinen Fingern.

[HEINZ:] Mit deinen lieben kleinen Fingern, ja, das versteh ich wohl … die können nur mit Blumen und Bändern spielen.

[ELSA:] Also, wirst du es tun?

[HEINZ:] Ja, Liebling, so gerne für dich – aber ~~warum darf ich~~ ich will dafür auch mit zur Insel.

[ELSA:] Nein, Heinzi, bitte, bitte nicht[.]

[HEINZ:] Aber warum nicht, Dornröschen?

[ELSA:] Nein, nein[,] weißt du, ich möchte, ich muß … nein[,] nein, ich sags nicht …

[HEINZ:] Sags bitte!

[ELSA:] Weißt du, ich möchte, ich werde, wenn ich die Möbel sehe und die alten lieben Sachen und die blauen Gardinen, ich werde ein bißchen weinen. Und da will ich nicht, daß du …

[HEINZ:] Liebes, liebes Elschen[!] Ja, da mußt du freilich alleine hinüber. Denn ich glaube, ja, wenn ich dich weinen sähe, du, da müßte ich auch weinen. –

[ELSA:] Warum müßtest du auch weinen?

[HEINZ:] Ja, Elschen, weil, weil. Ja siehst du, wir waren doch immer zusammen, ~~wie wi~~ alle Tage, wie wir noch ganz kleine Kinder waren und deine Muttiny <............> Elschen? – Und nicht wahr, wir haben uns doch immer gut vertragen

[ELSA:] Ja, das haben wir immer.

[HEINZ:] Wir haben uns immer alles erzählt, [Frohes] und Trauriges, nicht wahr?

[ELSA:] Ja, Lustiges und Trauriges. Sag, Heinzi, wo hast du gelernt, so schön zu reden[: „]Frohes und Trauriges[“]! –

[HEINZ:] Das hab ich nie gelernt. Ich habe gern und viel gelesen, das ist alles …

[ELSA:] Du Heinz, ich habe nie gerne gelesen, manchmal Märchen, aber auch die nicht oft.

[HEINZ:] Das brauchst du auch nicht[,] Elschen, du, du bist ja selber ein Märchen. Das schönste von allen.

[ELSA:] Nun bist du aber komisch, Heinz[!] Ein Mensch kann doch kein Märchen sein. Märchen [–] das ist <etwas> so, so weit … so weit draußen hinter den Bergen … man kann es nur sehen, aber nicht zu ihm gelangen.

[HEINZ:] Hast recht, Elschen … Man kann es nur sehen und nicht zu ihm gelangen. Deshalb wollen wir auch nicht mehr davon reden.

<………………………………………………………>

[ELSA:] Ich begleite dich bis zum Tore, ja?

[HEINZ:] Gut, Elschen, das ist schön von dir.

<………………………………………………………>

<………………………………………………………>

[*Elsa und Heinz ab. Die Baronin und Robert betreten die Veranda.*]

[ROBERT:] Weißt du, ich komme mir vor wie ein Schuljunge, der auf die Prügel wartet …

[BARONIN:] Mit sentimentalen Augen <?> darfst du freilich die Sache nicht ansehen.

[ROBERT:] Wie sie's aufnehmen wird[?]

[BARONIN:] Das ist heute, Robert, ziemlich gleich. Es handelt sich nur darum, daß sie einwilligt. Formsache.

[*Elsa kehrt vom Tore zurück.*]

ELSA: Guten Abend, Tante[!]

ROBERT (*etwas verlegen, sehr freundlich*): <…………………………>

[BARONIN:] Es ist gut, daß du kommst, Elsa, ich habe mit dir zu reden. –

ELSA (*sieht* [*zunächst*] *verwundert* [*drein*], *erst dann*): Ja, Tante, nicht wahr, es ist wegen des Rokokozimmers.

ROBERT: Ja, es ist wegen des Zimmers

[BARONIN:] Nein, Elsa, wir wollen zuerst was wichtiger ist –

*[An dieser Stelle bricht das Manuskript ab.]*

***

[ELSA:] Sag Heinz, glaubst du, daß Muttiny wirklich [–]

[HEINZ:] Elschen, Muttiny hat immer dein Bestes gewollt.

[ELSA:] Und ist das …

[HEINZ:] Ja[,] Elschen, das ist wohl das Allerbeste.

[ELSA:] Das … Aller …beste

[HEINZ:] Sieh[,] Liebling, nun es so weit ist, kann ich dir was erzählen. Aber du mußt hübsch ruhig sitzenbleiben, ja, Elschen?

[ELSA:] Ja[,] Heinz.

[HEINZ:] Sieh, Kindchen, ich habe auch noch was anderes geträumt mit uns beiden.

[ELSA:] Nicht wahr, wir wollten zusammengehn und eine Hütte bauen, die ~~wäre~~ sollte ganz mit Rosen umsponnen sein, ganz eingehüllt von … von Rosen, wie Dornröschens Zauberschloß.

[HEINZ:] Ja, das war's Elschen: Wir wollten zusammengehn und eine Hütte bauen. Du und ich. Und –

[ELSA:] Und?

[HEINZ:] Und nun ist es anders gekommen.

*[An dieser Stelle bricht das Manuskript ab.]*

# Editorischer Apparat

## Quellen- und Siglenverzeichnis

| | |
|---|---|
| Z | Sammlung von Manu- und Typoskripten auf einzelnen Handzetteln, in unterschiedlichen Formaten (Nachlass Goll, Steiermärkische Landesbibliothek, Hs. 459). |
| JSB | Jugendschreibbuch (Nachlass Goll, Steiermärkische Landesbibliothek, Hs. 880). |
| SB | Schreibbuch aus der Spätzeit des Autors, enthält ca. 90 großteils datierte Gedichte; umfangreichste Sammlung von Reinschriften des Autors (Nachlass Goll, Steiermärkische Landesbibliothek, Hs. 460). |
| T | Sammlung von Originaltyposkripten, teilweise mit eigenhändigen Änderungen des Autors (Nachlass Schütz, Steiermärkische Landesbibliothek). Die Annahme liegt nahe, dass diese Typoskripte dem ersten Herausgeber von Golls Werk, Julius Franz Schütz, als Vorlage dienten. Dafür spricht schon allein die Tatsache, dass die in den Typoskripten überlieferte Textgestalt sich weitgehend mit der Textgestalt der Druckfassung deckt, während die Handschriften (in Z, JSB und SB) mitunter starke Abweichungen von der Druckfassung aufweisen.<br>T ist in zwei Konvolute gegliedert, ein umfangreiches, T III, und ein wesentlich kleineres, T IV. Letzteres findet sich im Nachlass Schütz mit der Aufschrift „Max Pirker" – ein Hinweis darauf, dass es sich hier um Maschinabschriften handelt, die sich nicht in der Hinterlassenschaft des Autors fanden, sondern im Besitz eines seiner Freunde (vgl. dazu die einleitende Lebenschronik), der sie dem Herausgeber der EA zur Verfügung stellte. T III ist durchnummeriert von 46 bis 160; einige Blätter sind verloren gegangen; bei einigen handelt es sich um Doubletten; T IV enthält nur acht Gedichte und ist durchnummeriert von 1 bis 8.<br>Die Nummern sind im Apparat jeweils nach dem Muster T III/x angegeben. |

D Druckvorlage für EA (Nachlass Schütz, Steiermärkische Landesbibliothek). Sie enthält 134 durchnummerierte Gedichte mit Titelblatt („Im bitteren Menschenland / Gedichte des literarischen Nachlasses / von / Ernst Goll"); auf verschiedenen Schreibmaschinen entstandene Abschriften, hektographiert auf DIN A4-Blättern mit vorgedruckter Kopfzeile (linksbündig „ERNST GOLL", rechtsbündig die Formel „Aus dem Nachlasse: Nr. … [hier folgt dann stets, übereinstimmend mit T, die Signatur des Typoskripts „III/x" oder „IV/y"] // Für die Ausgabe: Nr. … [hier folgt nicht die Seitennummer, sondern die Nummer des Gedichts, vom „Königszug" (D 1) bis zur „Grabschrift" (D 134)]"). Beigeschlossen ist diesem Konvolut die ursprüngliche, noch ungekürzte Fassung des Vorworts von Julius Franz Schütz zur Erstausgabe, sieben Blatt auf Papier mit derselben vorgedruckten Kopfzeile.

D deckt sich, sowohl was den Textbestand als auch was die Reihung der Texte betrifft, weitgehend mit EA; lediglich eine Handvoll Gedichte („So fällt auf kaum erschloss'ne Triebe …", „Ein Walzer", „Auf eine Karte", „Irgendwo" und „Weil Glück und Liebe doch …"), die in D ihren festen Platz haben, fanden keine Aufnahme in EA, was auf eine Intervention des Verlages schließen lässt. (Da im Nachlass von Julius Franz Schütz keinerlei Korrespondenz mit dem Egon Fleischel Verlag vorhanden ist, kann der Produktionshergang von EA nicht mehr rekonstruiert und über etwaige Diskussionen zwischen Herausgeber und Lektorat nur spekuliert werden.)

EA Erstausgabe, Berlin: Egon Fleischel 1912. Sie enthält 128 Gedichte. (Die zweite Auflage von 1913 weist zahlreiche Druckfehler auf.)

A1926 Um sieben Gedichte erweiterte Neuausgabe, Graz: Leuschner & Lubensky 1926. Als Herausgegeber fungierte Franz Gosch, ein Grazer Archäologe und Bibliothekar, Direktor der Grazer Universitätsbibliothek von 1934 bis 1945. Drei der sieben Gedichte, die hier ergänzt wurden, waren bereits für die Erstausgabe vorgesehen; der markanteste lyrische Nachtrag, den diese Ausgabe erbrachte, war das achtstrophige Gedicht „Prolog", das Verse enthält wie die folgenden: „Deutsch sein – das heißt in Dämmerungen gehen / Und Sehnsucht tragen nach dem

Himmelsblau'n, / Heißt mit der Füße auf der Erde stehen / Und mit den Augen nach den Wolken schauen." Es wurde bereits 1925 von Golls Freund Heinrich Kalmann im Rahmen eines Gedenkartikels veröffentlicht; da sich zu ihm jedoch in den Nachlässen von Goll und Schütz keinerlei Beleg finden lässt, nicht in T und nicht in D, zweifelt der Herausgeber an der Authentizität dieses Textes und hat ihn daher auch nicht in die vorliegende Ausgabe übernommen.

A1947 Um 16 Jugendgedichte erweiterte Neuausgabe, Graz, Wien: Leykam 1947. Von allen bisherigen Ausgaben bietet sie das größte Textkorpus.

Änderungen der Interpunktion, Titelgebungen und Neubetitelungen einzelner Gedichte, die gegenüber T für EA vorgenommen wurden, gelten eo ipso für alle späteren Ausgaben.

Nicht verwendet wurden die folgenden Ausgaben:

- Im bitteren Menschenland. Graz: Leuschner & Lubensky 1935. [=Nachdruck von A1926.]
- Gedichte. Hg. von Paul Anton Keller. Graz: Leykam 1943. [Hat A1926 zur Grundlage, ist zugleich aber in vielerlei Hinsicht eine Vorläuferin von A1947; Kellers „Bildnis Ernst Goll", das dort als einleitender Essay fungiert, wird hier bereits in einer ersten, kürzeren Fassung dargeboten. Der Titel von EA, den alle anderen späteren Ausgaben tragen, fiel hier der NS-Zensur zum Opfer – wie auch die folgenden fünf Gedichte: „Marientag im September", „Und einmal leuchtet uns …", „Letzter Weg", „Das aber ist …" und „Grabschrift".]
- Im bitteren Menschenland. Hg. von Eugen Thurnher. Salzburg, München: Pustet 1982 (=Stifterbibliothek N.F. 16). [Gibt den Textbestand von A1926 unverändert wieder, mit einer Einleitung des Herausgebers.]
- V trpki deželi človeka/ Im bitteren Menschenland. Hg. von Vinko Oslak. Slovenj Gradec: Cerdonis 1997. [Zweisprachiger Auswahlband mit biografischem Anhang und zahlreichen Fotografien.]

## Legende und Gebrauchsanweisung

In [ ] sind hier die Anfangszeilen all jener Gedichte angegeben, die in der Originalvorlage – und damit auch in der vorliegenden Ausgabe – unbetitelt geblieben sind.

In ( ) stehen, unmittelbar nach dem Titel, die Eckdaten jedes Gedichts: sein Entstehungsdatum und seine überlieferungsgeschichtlichen „Koordinaten“; an ihnen kann man auf einen Blick ablesen, durch welche Quellen es bezeugt ist und in welcher Buchausgabe es zum ersten Mal aufscheint. Die Chiffre E steht in diesem Zusammenhang für den Ort des Erstdrucks jener wenigen Gedichte, die nicht in einer der Buchausgaben, sondern in einer Zeitung oder Zeitschrift erstveröffentlicht wurden.

Bei Wörtern oder Wortfolgen, die in < > gesetzt sind, handelt es sich stets um hs. Einfügungen und Ergänzungen Golls, die er nicht selten über die Zeile geschrieben hat.

Durchgestrichene Textpartien entsprechen den Streichungen im Manuskript.

Abweichungen in der Interpunktion, die in großer Zahl zwischen den verschiedenen handschriftlichen und Typoskriptfassungen bestehen, werden im Apparat aus Platzgründen nicht aufgelistet.

## I. Jugendgedichte

*Allgemeine Hinweise zu Quellenlage und Textgestalt:*

Hauptquelle für dieses Kapitel ist JSB, ein gebundenes Schreibbuch, das der Gymnasiast Ernst Goll zu Weihnachten 1902 von seiner mütterlichen Freundin Elsa Hofmann geschenkt bekam. Es enthält die Reinschriften von insgesamt 30 Gedichten. Sechs davon, entstanden zwischen Dezember 1905 und Oktober 1906, am Ende von Golls Marburger und am Beginn seiner Grazer Zeit, gelangten in den folgenden Jahren wohl durch diverse Abschriften und in leicht modifizierten Versionen zur Kenntnis von Golls Grazer Freundeskreis und fanden infolgedessen auch Aufnahme in EA; ein weiteres Gedicht, „Erster Schnee", wurde in A1926 zum ersten Mal veröffentlicht; als Vorlage diente damals allerdings mit ziemlicher Sicherheit nicht JSB, sondern jenes Einzelmanuskript, das heute in Z überliefert ist. Das größte Korpus an Jugendgedichten, 16 an der Zahl, aus dem Zeitraum zwischen Jänner 1904 und Juni 1906, konnte erst nach dem Zweiten Weltkrieg der Grazer Autor Paul Anton Keller in seiner Neuedition von Golls Werken (A1947) präsentieren; allerdings fügte er sie nicht en bloc dem damals schon bekannten Werk hinzu, sondern streute sie in den vorhandenen Textbestand ein, ohne an der von Julius Franz Schütz vorgenommenen Reihung zu rütteln. Acht dieser 16 Gedichte erschienen, als Vorabdruck von A1947, zusammen mit einem Essay Kellers in der Grazer Zeitschrift „Austria". Als Vorlage für diese beiden Veröffentlichungen diente Keller mit an Sicherheit grenzender Wahrscheinlichkeit JSB, das während der NS-Zeit dem in der Steiermärkischen Landesbibliothek vorhandenen Goll-Nachlass hinzugefügt wurde.

Die Textgestalt der vorliegenden Ausgabe orientiert sich an JSB; nur dort, wo es aus grammatikalischen Gründen unumgänglich war – vor allem in der Interpunktion –, wurde der Druckversion von A1947 der Vorzug gegeben.

Die beiden Gedichte „Mein Liebling" und „Abend" („Nun losch mit einemmale …") sind ausschließlich in Z und T überliefert. Da sie, Anfang 1908 entstanden, in Stil und Diktion noch eine starke Verwandtschaft mit den Jugendgedichten aufweisen, wurden sie hier den Gedichten aus JSB hintangestellt.

Das erste Gedicht, das Goll in JSB eingetragen hat, „Es war einmal", datiert mit 27. September 1903, das früheste Gedicht, das von ihm erhalten geblieben ist, wurde nicht in das Korpus der vorliegenden Ausgabe aufgenommen, da es sich dabei um eine ausgesprochen juvenile lyrische Fingerübung handelt und nicht um den Auftakt zu einer kontinuierlichen poetischen Arbeit. Der Vollständigkeit halber sei hier jedoch sein Wortlaut wiedergegeben:

*Es war einmal – lieb Mütterchen erzählt, / Und leise, leise, wie mit Geisterhand, / Führt sie die traumberauschte Kinderwelt / Die frohe Fahrt ins sonn'ge Märchenland. // Da liegt Schneewittchen bleich im Totenschrein / Und bärt'ge Zwerge halten treue Wacht; / Frau Holle fliegt in rotem Feuerschein / Mit ihrem Trosse durch die Weihenacht. // Dornröschen träumt, in Zauberschlaf gebannt, / Umstrickt von Rosenhecken sonder Zahl; / Ins stolze Schloß in schimmerndem Gewand / Eilt Aschenbrödel zu dem Königsball. – – // Und tausend Sterne ziehn am Himmelsraum, / Und dunkel wird's, die Kleinen achten's nicht, / So süß versenkt in wonnigen Kindertraum, – / In Feenreiche, sonnig, hell und licht. – – // Vorbei – der holde Märchentraum versiegt, / Der Jugend Blütenschnee vom Haupt verweht; / Lieb Mütterlein, dem Erdenleid entrückt, / Schon längst im Schlaf, dem niemand mehr entgeht. // Ich steh' am Grab – die bleiche Lippe bebt – / Und press' die Stirne in die Blumenpracht: / Wie alles rings in goldnem Lichte webt! / In mir ist's ewig, ewig dunkle Nacht. // Allein, verwaist, in lieblos kalter Welt, / Die Stirn gefurcht von Leid und bittrer Qual, / Der ganze, große Jugendtraum zerschellt; / Die sel'ge Kinderzeit – es war einmal!*

*

*Märchen*
(29.01.1904; E: Austria II (1947), H. 2; A1947, S. 49f.)
V. 10 in JSB fehlerhaft: *Stoßt*; in A1947 korrigiert.
V. 15f. in A1947: *So flieh ich, Liebe, deine Gluten, / So flieh ich, Liebe, all dein Leid!*
V. 18 in A1947: *an Bord*
V. 26 in A1947: *in flammendem Weh erglüht*

*Frühling [„Ein Maientag – im Sonnenlicht"]*
(29.02.1904; A1947, S. 23)
V. 13 in A1947: *Nur wie*

*Frühling [„Der Frühling lag mit seinem Sonnenschein"]*
(15.02.1905; A1947, S. 76f. unter dem Titel „Deiner Stimme Glockenläuten")
V. 7 in A1947: *Alltagsgeleise*
V. 10 in A1947: *sehnsuchtssheiß*

*Einem gestorbenen Traume*
(24.02.1905; E: Austria II (1947), H. 2; A1947, S. 135)
V. 16 in A1947: *Um das tote*
V. 18 in A1947: *Herzensehnen*
V. 28 in A1947: *Um das Grab*

*Ein Traum*
(02.03.1905; E: Austria II (1947), H. 2; A1947, S. 33f.)
V. 2 in JSB: *so ~~groß~~ gut, so brav, so schön*
V. 6 in A1947: *meinem Sinn*
V. 23 in A1947: *viel hundert schöne Frühlingsblüten*
V. 28 in A1947: *Um das süße Haupt*

*Zukunftschauen*
(13.03.1905; bisher unveröffentlicht)
In JSB zwei eigenhändige Revisionen des Autors:
V. 77: *des ~~Mannes~~ Dichters Singen*
V. 88: *~~im~~ durchs All*

*Erinnerung [„Abendfriede hält ..."]*
(17.05.1905; E: Austria II (1947), H. 2; A1947, S. 111f.)

*Im Walde*
(undatiert; bisher unveröffentlicht)

*Im Dämmern*
(22.05.1905; E: Austria II (1947), H. 2; A1947, S. 150f.)
V. 33 weist in JSB folgendes Schriftbild auf: *Mir <jäh> entgleiten*

*[Ich möcht' ein Bett von bleichen Blüten]*
(29.05.1905; E: Austria II (1947), H. 2, unter dem Titel „Wunsch in die Stille"; A1947, S. 159, unter demselben Titel)

V. 5 in JSB fehlerhaft: *Mit jedem Hauche Duften*
V. 10 in JSB: *Auge ~~weint~~ säumt*

*Junge Liebe*
(01.06.1905; A1947, S. 46)
V. 1 in A1947: *im schweigenden Walde*
V. 9 in JSB und A1947 wohl fehlerhaft: *dem lieblichsten Märchen*
V. 16 in JSB ursprünglich: *Drauf*; vom Autor revidiert.
V. 21 in JSB ursprünglich: *Und als der Kleinen*; ebenso vom Autor durch die vorliegende Fassung ersetzt.

*Im Kirchhof*
(02.06.1905; bisher unveröffentlicht)

*[Im Mondlicht flimmert]*
(05.06.1905; bisher unveröffentlicht)

*Märchen [„Sonnenlichtumflossen prangen …"]*
(05.06.1905; A1947, S. 13)
V. 11 in A1947: *Blumen und Blüten*

*Du bist die Heimat*
(05.12.1905; A1947, S. 124)

*Wiegenlied*
(05.12.1905; bisher unveröffentlicht)

*Abschied*
(06.12.1905; T III/71; EA 79f.)
In Z existiert eine Version ohne strophische Gliederung, die sich ansonsten weitgehend mit jener in JSB deckt.
V. 6 in Z: *Mein Aug'*
V. 9 in T und EA: *Die Nebel wallen,*
V. 15 in T und EA: *Ade, du goldener*
V. 19 lässt in JSB die folgende Genese erkennen:
*Ade, ~~mein~~ <auch, du> blondes*
in T und EA weist er die folgende Interpunktion auf:
*Ade, auch du blondes*
in Z, übereinstimmend mit JSB:

*Ade, auch, du blondes*
V. 22 in T, Z und EA: *geweilt*

*Im Dunkeln*
(Jänner 1906; in JSB mit dem Vermerk „Eingetragen 19.X.06“; E: Austria II (1947), H. 2; A1947, S. 131f.)
V. 12 zeigt in JSB die folgende Textgestalt: *Und ~~höre~~ sehe die Vöglein nicht.*
V. 13 in JSB: *Nachbars blondem Gretl*
Aus grammatikalischen Gründen folgt hier die vorliegende Ausgabe der Fassung in A1947.

*[Ich hab' ein welkes Sträußchen]*
(13.05.1906; A1947, S. 103 unter dem Titel „Erinnerung“)
V.6 in A1947: *und trotze*

*Zum 14. Mai!*
(13.05.1906; bisher unveröffentlicht)

*Reiterlied*
(14.05.1906; T III/65; EA 115)
V. 1 beginnt in T und EA mit der Interjektion *Hoiho!*
V. 10 in T und EA: *Ich glaubte*
V. 13 endete in JSB zunächst mit der Wendung *der Morgen naht.* Sie wurde jedoch vom Autor gestrichen und durch die vorliegende ersetzt.
V. 15f. in T und EA: *Nun wird ins blühende Heidekraut / Mein rotes Herzblut verrinnen.*
V. 17 in T und EA: *Und gibt es hier oben auf Erden nicht*

*Maientag*
(14.05.1906; E: Austria II (1947), H. 2; A1947, S. 101)

*Nach Jahr und Tag*
(12.06.1906; T III/77; EA 105)
In T und EA trägt dieses Gedicht den Titel „Vor Jahr und Tag“.
V. 3 in T und EA: *Was beutst du nun hinwieder mir*
V. 7 in T und EA: *Und spitzt und spitzt dein Mündlein rot*
V. 13 in T und EA: *Dein Mündlein ist wie Blut so rot*
Die konsequente Interpunktion in den letzten drei Strophen, in JSB noch ein wesentliches Kompositionselement, geht in T und EA verlo-

ren: Dort findet sich nur noch eine Zäsur in Form eines Gedankenstrichs, und zwar am Ende von V. 10.

*Junger Frühling*
(12.06.1906; A1947, S. 39)
V. 10 in A1947: *Nach all dem dumpfen Sehnen*

*Die Eine*
(12.06.1906; T III/72; Z, undatiert und signiert; EA 77f.)
V. 5 in T, Z und EA: *schwarz und braun*
V. 21 in T und EA: *Mein' Ruhe*; Z hingegen stimmt hier mit JSB überein.
V. 23f. in Z: *Sie war ja auch so wesentlich / Von andern unterschieden;*
in T und EA: *Sie war ja auch so wunderbar / Von andern unterschieden.*
Die letzte Strophe lautet in JSB und Z folgendermaßen:
*Die andern haben – braun und schwarz –*
*Wohl dies und das gelogen,*
*Doch <Nur> die mit dem Madonnenhaar*
*Hat – systematisch betrogen.*
JSB lässt in V. 3 dieser Strophe beide Anfangsvarianten gelten; das Anfangswort *Doch* ist nicht ausgestrichen. In Z hingegen, das mit hoher Wahrscheinlichkeit eine spätere Niederschrift darstellt, ist die Entscheidung zugunsten der Variante *Nur die* gefallen.
JSB weist eine etwas andere Interpunktion auf als Z: am Ende von V. 2 steht dort statt des Kommas ein Gedankenstrich, in V. 4 hingegen keiner.
Die vorliegende Strophe folgt, nicht zuletzt aus ästhetischen Gründen – und da ihre Authentizität kaum anzuzweifeln ist – der späteren Fassung, die T und EA übereinstimmend wiedergeben.

*Wolkenzug*
(15.06.1906; A1947, S. 104)
V. 12 in A1947: *Ende der Welt*
V. 13 in A1947: *Dort lasset*

*Ich sah*
(Juli 1906, eingetragen 27.X.1906, T III/98; EA 5 unter dem Titel „Ich sah ein Blümlein")
V. 4 in T und EA: *sonnedurchfluteter*

*Erster Schnee*
(27.10.1906; Z, undatiert; A1926, S. 105)
V. 16 in Z und A1926: *Zu süßem Schlummer*
V. 18 in JSB: *Das sehnt sich so sehr.* Die vorliegende Ausgabe folgt hier, zugunsten der besseren Lesbarkeit, Z und A1926.

*Schifflein*
(27. 10. 1906; T III/76; EA 106)
T und EA weisen, in Übereinstimmung miteinander, gegenüber JSB die folgenden Abweichungen auf:
V. 2: *schwankenden Wellen*
V. 5: *den blauen Weg*
V. 6: *Aus der Heimat Tale*
V. 11: *im ganzen Erdbereich*
V. 20 lautete in JSB ursprünglich: *In die kühlen Fluten gleitet;* diese Version wurde jedoch vom Autor verworfen und noch an Ort und Stelle durch die neue ersetzt, die mit T und EA übereinstimmt.

*Mein Liebling*
(22.01.1908; Z; T III/74; EA 76)
V. 4 in Z: *strahlender Sonnenschein*

*Abend*
(26.01.1908; Z; T III/144; EA 18)
Die erste der beiden hier wiedergegebenen Versionen folgt Z, die zweite T, das als Überarbeitung von Z identifizierbar ist: Die V. 3, 4 und 7 wiesen hier zunächst noch dieselbe Prägung auf wie in Z, wurden jedoch vom Autor eigenhändig revidiert. (Lediglich V. 9 hatte in T von Anfang an einen von Z abweichenden Wortlaut.) Die bisher bekannte Druckversion folgt bis auf einige Details der Interpunktion ganz und gar der zweiten Fassung.

## II. Gedichte der Reife

*Allgemeine Hinweise zu Quellenlage und Textgestalt:*

Dieses Kapitel gibt den Inhalt jenes Schreibbuches (SB) wieder, in dem Goll während seiner letzten zweieinhalb Lebensjahre die Reinschriften seiner Gedichte gesammelt hat. Parallel dazu sind auch Reinschriften auf der Maschine entstanden, die ohne Ausnahme undatiert sind, von denen aber immerhin einige wenige kleinformatige Blätter (in Z) Golls Signatur tragen. Ob derlei Typoskripte vor oder nach den Einträgen in SB entstanden sind, lässt sich heute unmöglich ermitteln; ein vergleichender Überblick über alle vorhandenen Quellen und die detaillierte Quellensynopse, die wenigstens im Falle einiger weniger Gedichte möglich ist, erlauben jedenfalls die Annahme, dass die zu Golls Lebzeiten entstandenen Typoskripte nicht SB zur Grundlage haben, sondern sich stattdessen an weiter zurückliegenden Erstniederschriften und Arbeitsfassungen orientieren.

Wo immer es die Quellenlage erlaubt, wird die Textgenese eines Gedichts im Rahmen der nachstehenden Anmerkungen rekonstruiert. In der Textgestalt orientiert sich die vorliegende Ausgabe so weit als möglich an SB. Nur dort, wo von einem Gedicht eine Typoskriptfassung vorliegt, die nicht lediglich eine undatierte, unsignierte Abschrift ist, sondern in signifikantem Ausmaß eigenhändige Änderungen des Autors enthält, wurde ihr der Vorzug gegeben. Dieses Redaktionsprinzip soll im Folgenden an einem Beispiel veranschaulicht und erläutert werden:

In SB – und nur dort – ist ein Triptychon mit dem Titel „Weingartenlieder" überliefert. Seine drei Teile fanden als selbständige Gedichte unter den Titeln „Weingartenlied", „Im Weingarten" und „Herbstliche Fülle" Eingang in EA und in alle späteren Buchausgaben. Dass zumindest die Umbenennung des dritten und letzten Teiles von Goll selbst stammt, beweist ein Typoskript (T IV/5), in dem der maschingeschriebene Titel „Weingartenlieder 3" gestrichen und, unverkennbar in seiner eigenen Handschrift, durch „Herbstliche Fülle" ersetzt wurde. Deshalb erscheint das Gedicht auch in der vorliegenden Ausgabe unter diesem Titel, während der zweite Teil des Triptychons, entsprechend der Überlieferung in SB, als „Weingartenlied Nr. 2" präsentiert wird, da von ihm zwar eine Typoskriptfassung mit dem Titel „Im Weingarten" existiert, diese aber keinerlei Spuren trägt, die auf eine Redaktion des Autors schließen lassen. Der Herausgeber orientiert sich also stets an der Textgestalt jener Überlieferung, die den höheren Authentizitätsgrad aufweist – in den meisten Fällen ist dies SB, doch nicht immer. Nachträgliche Änderungen, die der Autor selbst vorgenommen hat, werden selbstverständlich berücksichtigt; Titel hingegen, die offensichtlich nicht von ihm stammen können, sondern eine spätere, redaktionelle

Zutat der verschiedenen Herausgeber und Verlage sind, werden nicht übernommen.

Die Reihung der Gedichte in SB konnte nicht zur Gänze beibehalten werden. Etliche Gedichte darin sind nämlich nicht auf den Tag, sondern nur auf den Monat genau datiert, was gewisse Vagheiten zur Folge hat. Dort, wo sich das genaue Datum aufgrund einer Parallelüberlieferung (in Z) ermitteln ließ, wurden entsprechende Umstellungen vorgenommen.

Drei Gedichte, die in SB nicht enthalten sind, das „Hochzeitslied" vom Dezember 1909, das Gedicht „Weil Glück und Liebe doch …" vom 10. Jänner 1910 und der „Lebenslauf", dessen Entstehungsdatum, die Jahreswende 1911/12, aus der beigefügten Widmung hervorgeht, wurden eingefügt, um der werkchronologischen Ordnung Genüge zu tun.

*

*Andacht*
(undatiert, vermutlich Winter 1909/10; T III/145; E: Der Herold VII (1910), H. 12; EA 15)
V. 4 in SB und T: *Du meiner ~~Tage~~ Wege Licht und Glanz*; Korrektur in EA beibehalten. In E endet V. 4 mit einem Ausrufungszeichen.
V. 6 in T: *~~Berührt~~ Versehrt*
V. 7 in T: *~~Kein Schatten~~ Es trübt <kein Hauch> vom Menschenleide* (Revisionen von fremder Hand); in E: *von Menschenleide*; EA folgt T
V. 14 in T: *Mir letztes ~~Ziel~~ Glück und schönste Ruh*

*Ahnst du*
(undatiert, vermutlich Winter 1909/10; T III/69; EA 114)
In T und EA in 2 x 8 Verse gegliedert.
V. 3 in T und EA: *Brust und Seele*
V. 15 in T und EA: *einsam, trostlos*

*Schlummerlied*
(undatiert, vermutlich Winter 1909/10; T III/143; EA 21)
V. 6 in SB: *ein ~~Englein~~ Engel*

*Ahasver*
(undatiert, vermutlich Winter 1909/10; T IV/4; EA 87)

*Ich habe einen bunten Tag gesehn*
(undatiert, vermutlich Winter 1909/10; T III/96; EA 74)
Titel in T: … *gesehen*

*Kostbares Küssen*
(undatiert, vermutlich Winter 1909/10; bisher unveröffentlicht)

*Abschied*
(undatiert, vermutlich Winter 1909/10; T III/78; EA 104)
V. 4 in T und EA: *auf dies müde Haupt*
V. 12 in T und EA: *auf dies müde Haupt*

*Hochzeitslied*
(Dezember 1909; Z; bisher unveröffentlicht)

*[Weil Glück und Trost des Seins]*
(10.01.1910; T III/113; Z; E: Tagespost (Graz); 12.07.1914; A1926, S. 62 unter dem redaktionellen Titel „Stille")
Der Text dieser Ausgabe folgt einem datierten Manuskript in Z.
In T zweistrophig gegliedert (2 x 4 Verse). Strophe 1 lautet dort: *Weil Glück und Liebe doch / So unbeständig sind, / Wünsch' ich nur eines noch: / Zu werden wie ein Kind.*
V. 7 in T: *Dann gäb' ich.* Diese Fassung findet sich auch in D, als Gedicht mit der Nr. 36, hätte in EA also ursprünglich zwischen „Scherzo" und „Sonnenwende" stehen sollen, wurde dann jedoch aus unbekannten Gründen ausgeschieden.

*Faßt du das Wunder*
(24.02.1910; T III/131; EA 26)

*Glück*
(03.03.1910; T IV/6; EA 85)
V. 1 in T und EA: *dein Haupt an meine Brust*
V. 3 in T: *~~Freude~~ Farbe trunken*
V. 8 in T und EA: *um unser Haupt*

*Scherzo*
(08.03.1910; T III/61; EA 34)
V. 6 in T und EA: *Schließ*

*Geburtstagslied*
(undatiert; T III/64; EA 61)
in SB mit der Bemerkung: *Frau Breyer gewidmet*
V. 10 in SB mit der Variante: *Schau doch voll Gnade niederwärts*, vom Verfasser mit Bleistift über die Zeile geschrieben.

*Mit meinem Bilde*
(13.04.1910; T III/97; EA 112)

[*So fällt auf kaum erschloss'ne Triebe*]
(13.04.1910; T III/105; bisher nicht veröffentlicht)
V. 4 in T: *nirgend*
V. 13 in T: *Mühe*
In D findet sich dieses Gedicht zwischen „Adorata" (EA 100f.) und „Abschied" (EA 102), wurde aber aus unbekannten Gründen ausgeschieden.

*Ich hab mein Herz in deine Hand gelegt*
(15.04.1910; T III/70; EA 39)
V. 7 in SB: *Dann ~~hab ich bis zum~~ hat es noch den letzten*

*Jubel*
(17.04.1910; T IV/2; EA 16)
V. 1 in T und EA: *Ihr schmeichelnden Düfte*
V. 2 in T und EA: *wie Lerchenschlag*

*O, gib mir nicht den Mund!*
(21.04.1910; T III/107; Z; EA 41)
In T und EA in 2 Strophen zu je 4 Versen unterteilt. In SB und EA fehlt das Ausrufungszeichen im Titel.
V. 2 in T und EA: *Laß mich*
V. 5 in SB: *blonde Haupt*; in T: *auf's Haupt*, vom Verfasser eigenhändig zu *blonde Haar* korrigiert, diese Variante fand Eingang in EA; Z, dem hier der Vorzug gegeben wird, da es den Charakter einer Fassung letzter Hand hat (vom Autor redigiertes und handschriftlich betiteltes Typoskript), enthält die folgende Revision: *auf's wirre ~~Haupt~~* <*Haar*>

*Abend*
(undatiert; T III/155 und T III/147t; EA 50)
V. 5 in T III/147t: *Klang*; T III/155 stimmt mit SB überein

*Später Sommer*
(27.04.1910; Z; T III/142; EA 93)
V. 5 in EA: *Silberwölkchen*; Z übereinstimmend mit SB: *Silberwölklein*

*Schwerer Abend*
(28.04.1910; T III/63; EA 69)
V. 1 in T und EA: *So neigt sich*
V. 2 in T: *Sichverschwenden*, vom Verfasser eigenhändig zu *Sichverschenken* korrigiert.
V. 7 in SB und T: *an dem Tor*, beide Male verworfen und durch *aus dem Tor* ersetzt.

[*Das aber ist mein Traum von Glück und Tod*]
(28.04.1910; T III/66; EA 130, unter dem redaktionellen Titel „Vom Glück und Tod")
V. 5 in SB: *am vollen Glase*
V. 7 in SB: *ein beseligt Lächeln*

*Der Falter*
(29.04.1910; T III/106; EA 111)

*Bitte*
(04.05.1910; T III/59; EA 60)
V. 4 in T und EA: *Kranz*

*Adorata*
(undatiert; T III/108; EA 100f.)
V. 4 in T und EA: *an deines Thrones*
V. 10 in T und EA: *von euren Schultern*
V. 13 in T und EA: *Ihr seht mich an und wisset selbst nicht wie –*
V. 17 in T und EA: *Doch einen weiß ich, dem die Seele brennt*
V. 18 in T und EA: *In ruhelosem Sich-nach-mir-verlangen*
V. 21 in T und EA: *Ich möchte helfen und – versteh es nicht*
V. 27f. in T und EA: *Mitleid und Wehe füllt mein Herze ganz / Und kann doch ihm nicht Ruh und Frieden geben.*

V. 29 in T und EA: *diese nie entweihte Hand*; in SB von Goll verworfen und durch *meine* ersetzt.
V. 31 in SB: *daß nirgends Ruhe fand*, eigenhändig zu *nimmer* korrigiert
V. 32 in T und EA: *Schlief' selig ein*
Strophe 3 bis 8 sind nur in EA als direkte Rede markiert.

*Ein Lied*
(undatiert; EA 7)

*Zu Robert Michels Abschied*
(undatiert; T III/126; EA 57–59)
V. 3f. in T und EA: *Lasse deinen frohen Zecher / Auch verklärten Seher sein!*
V. 4 in SB lautete ursprünglich: *Und beglückter Seher sein!* und wurde vom Autor eigenhändig revidiert.
V. 13 in T und EA: *Liegt ein Glanz*; in SB verworfen und durch *Ruht* ersetzt.
V. 27 in T und EA: *zu den braunen Lerchen*
V. 30 in T und EA: *hellem Himmelsglanz*
V. 31f. in T und EA: *Nimm uns Not und Erdenschwere, / Bleibe unsrer Sehnsucht ganz!*
V. 34 in T und EA: *Eine irre Wolke trug*

Zur Bedeutung, die dem Schriftsteller Robert Michel (1876–1957) für die Biografie Ernst Golls zukommt, vgl. die einleitende Lebenschronik.

Ein Briefwechsel zwischen den beiden Autoren, der näheren Aufschluss über den Entstehungszusammenhang dieses Gedichts geben könnte, ist nicht erhalten; dass es aber zu Michels Kenntnis gelangt ist, darf als sehr wahrscheinlich gelten, zumal aus seiner Feder eine kleine Prosa existiert, die, um dieselbe Zeit entstanden, dasselbe Leitmotiv aufweist: das Motiv der Möwe, die sich weit nach Norden, in die steirische Landeshauptstadt verirrt hat. Diese kleine Prosa, eine feuilletonistische Skizze mit dem Titel „Das Auge von Graz“, erschien in der Wiener Tageszeitung „Die Zeit“ vom 30. Juli 1910. Sie handelt von einem Spaziergang auf den Grazer Schloßberg und enthält die folgende Schilderung:

„... über der ganzen Landschaft lag ein blaugrauer Dunst, der nur eine sehr begrenzte Weitsicht zuließ. Dazu schwebte noch über dem nächsten Stadtteil ein ganz leichter hellgrauer Nebel, der in seiner riesigen Fläche die Formen eines ungeheuren fliegenden Vogels wiedergab. Sofort entschied ich, daß es eine Möwe sei. Ich schaute lieber nicht mehr hin, um mir ihren Flug besser vorstellen zu können. Dabei dachte ich nach, von wo sie gekommen sein könnte. Von der Adria wohl nicht, denn da liegen unwirtliche Karstgebiete dazwischen. Jedenfalls ist sie nach Möwenart immer dem Wasser entlang geflogen; also gewiß kam sie vom Schwarzen Meere her. Aber wohin wollte sie fliegen? Vielleicht wollte sie nur nach Graz streichen, um huldigend einmal den Schloßberg zu umkreisen und dann wieder zurückzukehren nach den südlichen Gewässern. Da wurde ich ganz stolz darüber, daß ich auf einen Berg ging, zu dem eine Möwe von einem fernen Meere her geflogen war."

Zur Frage, warum es sich bei Golls lyrischer Hommage an Michel um ein ausgesprochenes Abschiedsgedicht handelt:

Der detailreichen Lebenstafel, die Ferrucio Delle Cave im Rahmen seiner Dissertation zu Robert Michel erarbeitet hat (Robert Michel – Eine monographische Studie. Innsbruck: Phil. Diss. 1978, S. 148), lässt sich entnehmen, dass der Autor im Juni 1910 zu einer Korpsschulexkursion nach Dalmatien aufgebrochen ist; in einem Brief Michels an Ludwig von Ficker vom 28. Mai 1910 (vgl. dazu die einleitende Lebenschronik) findet sich hierzu der folgende Zeitplan: „12. Juni Laibach, 15. Agram, 17. Banjaluka, 23. Sarajevo, 26. Mostar". Es liegt daher die Vermutung nahe, dass Ernst Golls Gedicht kurz vor dem 12. Juni als eine Art lyrischer Reisesegen entstanden ist.

*Zwei Lichtlein*
(11.06.1910; T III/92; EA 10)
In T und EA ohne strophische Gliederung.
V. 9 in SB und T: *Das wird dann immer leuchten*, in beiden Fällen korrigiert zu *Das gäbe dann ein Leuchten.*

*Vielleicht*
(18.06.1910; T III/147a; EA 116)
V. 2 endet in SB mit dem Wort *zerstört* und wurde zu *betört* korrigiert.
In SB sind in winziger Schrift kleine Varianten über V. 1 und 2 angeführt und wieder ausgestrichen. Ihnen zufolge würden diese beiden Verse folgendermaßen lauten: *Vielleicht hat schon das fremde Land / Dein reines Kinderherz betört.*

*Sonnenwende*
(18.06.1910; T III/55; EA 35)

In SB „Sonnwendfeuer“ betitelt; der endgültige Titel wurde vom Autor eigenhändig T vorangestellt.
In T und EA fehlt die Strophengliederung.

*Leuchtkäferchen*
(undatiert; Z; T III/67; EA 81)
V. 1 in SB: *Leuchtkäferlein*
T: vom Autor verworfene Varianten zu V. 4 und 8: *Dass sie mich fände.* – – bzw. *Und möchte weinen ...*
V. 7 in SB und Z: *Am liebsten läg'*

*Ein Lied*
(02.07.1910; T III/146; EA 14)
In SB unbetitelt; in T wurde der Titel vom Autor eigenhändig hinzugefügt.
V. 8 in SB und T ursprünglich: *all Leben lang*, vom Autor dort wie da revidiert.

*Zu meinem Bilde*
(02.07.1910; T III/89; EA 113)

*Schlummerlose Nacht*
(05.07.1910; T III/147b; EA 43)
In SB wurde für V. 5 als alternativer Beginn *Die Glocken* vom Autor angedacht, über die Zeile geschrieben und wieder verworfen.
V. 12 lautet ursprünglich in SB: *Da war ich stark und groß und frei.* Diese Wortstellung wurde vom Autor per Bleistiftkorrektur zur vorliegenden Versgestalt verändert. In T blieb es bei der ursprünglichen Wortstellung; sie fand schließlich Eingang in EA.

*Fragen*
(Windischgraz, Sommer 1910; T III/147c; EA 92)
V. 11 in SB: *Ist es ein ~~frühes~~ Ahnen vom frühen Tod*

*Zur silbernen Hochzeitsfeier*
(Juli 1910; T III/122; EA 54)
Titel in T und EA: „Herrn und Frau G. Zur 25. Wiederkehr ihres Hochzeitstages“

In SB werden als Widmungsträger *H. u. F. Göring* genannt. Mit der Marburger Familie Göring war Ernst Goll – wie aus seinem Briefwechsel mit Elsa Hofmann hervorgeht – eng befreundet.
In T und EA in 2 x 8 Verse gegliedert.

*Sommerklage*
(September 1910; T III/140; EA 94)
In SB wird unmittelbar nach dem Titel eine *Frau E. v. Bertele* als Widmungsträgerin genannt.
V. 2 in SB: *Verklang der Sommer*

*Sternennacht*
(15.09.1910; T III/118; EA 99)

*Herbsttag*
(15.09.1910; T III/121; EA 71)
V. 2 in T: *sel'ges Streifchen*; in EA: *selig Streifchen*

*Kind, in deine lieben Hände*
(15.09.1910; T III/120; EA 110)

*Herbstabend*
(25.09.1910; T III/119; EA 98)
Die erste hier wiedergegebene Fassung folgt dem datierten Manuskript in Z, die zweite Fassung der Reinschrift vom Oktober 1910 in SB.
Anm. zur zweiten Fassung:
V. 5 enthielt in SB ursprünglich die Wendung *kurzen Herzschlag*, dies wurde ebd. vom Autor per Bleistiftkorrektur abgeändert.
V. 8: Über dem Wort *schlummerlos* steht in SB entsprechend der Erstfassung der Vermerk: *(hoffnungs?).*
T und EA folgen weitestgehend der zweiten Fassung, ohne aber die Formulierungen *der rote Sonnenbrand* und *schlummerlos* zu übernehmen. An diesen Stellen folgen sie der Erstfassung.

*Klage*
(25.09.1910; III/116; EA 73)
V. 3 in SB und T fehlerhaft: *mit geheimen*
V. 7 in Z, T und EA: *Laß, Gott*

*Trotzige Liebe*
(14.10.1910; T III/117; EA 30)
V. 1 in T und EA: *hoch hinan*

*Zwischen heut und morgen*
(14.10.1910; T III/94; EA 29)
V. 4 in T und EA: *ruhlos verbracht*

*Verlöbnis*
(14.10.1910; T III/147d; EA 13)
In der zweiten, fehlerhaften Auflage von EA ohne Strophengliederung.
V. 3 in T: *ruhig fließt* gestrichen; von fremder Hand ersetzt durch: *heiter.*

*Glück*
(Oktober/November 1910; T III/95 und T III/147e; EA 28 unter dem Titel „Erfüllung")
In T III/147e ist der Titel „Glück" ausgestrichen und von Hand des ersten Herausgebers, J. F. Schütz, durch „Erfüllung" ersetzt, in Übereinstimmung mit T III/95, wo das Gedicht von vornherein so betitelt wurde. Inwieweit diese Umbenennung autorisiert ist, bleibt offen.

*Letzter Weg*
(Oktober/November 1910; T III/93; EA 129)
V. 2 in T und EA: *bess'res Land*
V. 4 begann in SB und T ursprünglich mit *Vor*, wurde jedoch in beiden Fällen zu *Von* abgeändert.
V. 5 in T und EA: *Sie wollen nicht*

*Am Jahrestag*
(In SB unter dem Titel „Zum 21.11.10"; T III/58; EA 63; der endgültige Titel wurde vom Autor eigenhändig T vorangestellt und in EA übernommen)
V. 1 in T und EA: *was einmal weh und trübe*
V. 8 lautete in SB ursprünglich *An deiner Brust*, wurde aber vom Autor offenbar schon im ersten Arbeitsgang korrigiert. Exakt dieselbe Revision findet sich in T.
V. 9 in T und EA: *Des Lebens Schale*
V. 13: In SB stand zunächst *aus angstdurchwachten Nächten*, wurde jedoch von Goll revidiert.

*Weingartenlieder*

(Dezember 1910; EA 82 und 91)

Nr. I wurde in T III/62 – von fremder Hand? – zu „Weingartenlied“ umbenannt; Nr. II ist in T III/147f unter dem Titel „Im Weingarten“ überliefert; beide Titel fanden Eingang in EA.

„Klapotiza“ ist eine individuelle Schreibweise des Lehnworts „Klapotez“, das bis zum heutigen Tag in Verwendung ist. Es bezeichnet die charakteristischen Windräder in den Weinbergen des österreichisch-slowenischen Grenzlandes. Goll ist nicht der erste deutschsprachige Autor, der diesen Ausdruck in poetischen Zusammenhängen verwendet hat. Schon Rudolf Hans Bartsch, ein profunder Kenner des steirischen Südens, beschrieb 1908 in seinem Erfolgsroman „Zwölf aus der Steiermark“, den Goll mit hoher Wahrscheinlichkeit gelesen hat, die akustische und malerische Wirkung, die diese Windräder entfalten:

„Je reicher das Jahr, je süßer die Trauben, desto mehr sprechen ihrer von jenen unsäglich trauten Höhen. Man hat sie zum Verscheuchen der Tausende von Drosseln und Staren gebaut, aber die laute Vogelwolke fliegt wohl bei jähem Aufprasseln der nahen Klappermühle empor, fällt aber schnelle beruhigt wieder in die reiche Süßigkeit ein. So stehen sie denn fast nur zu unbeschreiblicher Stimmung da und rufen Stolz und Sommerfreude ihrer Besitzer weit ins Land hinaus. Der Ansässige kennt alle ihre Stimmen. In einer Sturmnacht, vor einem Gewitter, wenn sogar die großen Holzklöppel eilig über die Klanglatte holpern, da rufen alle Weingärten angstvoll zum Herrn der Wolken. Das ist unbeschreiblich ergreifend!

Der Wende nennt solch eine Windklapper einen Klapotez, wobei der Ton auf das o fällt, und den Namen hat der deutsche Südsteirer übernommen; so mag er auch hier bestehen.“

(R. H. Bartsch: Zwölf aus der Steiermark. Leipzig: Staackmann 1908, S. 108f.; Näheres zu Geschichte und Kultur der Windräder im steirischen Weinland in L. Kretzenbacher: Windradl und Klapotez. München: Trofenik 1975.)

*Mädchenlied*

(13.12.1910; T III/53; EA 62)

Das datierte Manuskript in Z trägt den Titel „Ich war einmal ...“; die Fassung in SB heißt „Ich war dereinst ...“. Diese Überschrift trug das Gedicht zunächst auch in T, wurde dort aber vom Autor hs. gestrichen und durch „Mädchenlied“ ersetzt.

V. 1 in Z: *Ich war einmal*
V. 3 in Z: *in tiefer Einsamkeit*
V. 7 weist in Z, SB und T dieselbe nachträgliche Änderung von Hand des Autors auf: *im Abendwind* wurde zu *dem Abendwind.*

*Fasching-Lied*
(undatiert, vermutlich Februar 1911; bislang unveröffentlicht)
In T unter dem Titel „Fasching", in SB mit der Widmung *Dem Marburger M. G. V.* [= Männergesangsverein].
V. 3 in Z und T: *Näht auch Glöckchen*
V. 5 in Z und T: *Nehmt das Horn und blast: Trara!*
V. 7 in T: *zum frohen Tanz*
V. 13 in Z und T: *Hebt den Becher*
V. 15 in Z: *Trinket und vergeßt das Leid*

*Pierrot-Lied*
(Februar 1911; T III/60; EA 9)
V. 1 in Z: *wie der Himmel*
V. 2 in Z, T und EA: *Schellenkleid*
V. 3 in Z, T und EA: *Und strahlte*
V. 5f. in Z: *Ich weiß – im flimmernden Lichtermeer / Da steht es und wartet, von Sehnsucht schwer.* Dieser Wortlaut wurde zunächst in T übernommen, dann jedoch vom Autor gestrichen und durch die vorliegende Version (im Einklang mit SB) ersetzt.
V. 9 hat in Z zunächst die folgende Gestalt: *Das lange mich suchte, das lange mich rief.* Sie wurde vom Autor zur Gänze verworfen. Über dem durchgestrichenen Vers ist die endgültige Version bereits skizziert (mit den Worten *Nach dem meine klagende*).
V. 9 in T: *klagende ~~Sehnsucht~~ Seele*
V. 10 in Z, T und EA: *beuge mich tief*
V. 12 in Z: *All meine Schellen läuten dazu.*
V. 14 in Z: *einsamen Nächte*

*Ergebung*
(Februar 1911; T III/154; EA 124)
V. 1 in T und EA: *Kannst du mehr*

*Heimweg*
(28.02.1911; T III/147g; EA 117)

V. 4 in T und EA: *Die dunklen Lippen*
Dem V. 6 wollte Goll in SB ursprünglich eine andere Wendung geben. Das Schriftbild präsentiert sich hier folgendermaßen: *seine ~~blass~~ kühle Hand*

*Einem Kinde*
(07.03.1911; T III/102; EA 75, jeweils unter dem Titel „Wege, die wir gekommen")
In T und EA fungiert der erste Vers als Titel.
V. 12 in SB fehlerhaft: *In seinen*
V. 13 in T und EA: *Trinke und trinke*
V. 16 in T und EA: *töricht sein*

*Schlummerlied, auf der Wiese zu singen*
(27.05.1911; T III/87; EA 51)
V. 3 lautet in SB: *schließen die beträuten Wangen.* Die vorliegende Ausgabe folgt hier dem Wortlaut von T und EA.

*Tiefes Glück*
(27.05.1911; T III/147h; EA 90)
V. 5 in T und EA: *Wer ein hohes Ziel erkämpfte …*
V. 7 in T und EA: *auf den bittren Wegen gehn*

*Einem Mädchen ins Stammbuch*
(06.06.1911; T III/115; EA 55)
V. 11 weist in SB die folgende syntaktische Gliederung auf:
*Warst du ein Engel, sag, warst du ein Stern …*
Die vorliegende Ausgabe folgt hier der Textgestalt in T und EA.

*Einmal*
(10.06.1911; T III/68; EA 107)
V. 2 endete in SB ursprünglich mit den Worten *seinen eig'nen Weg.* Dieses Versende wurde jedoch vom Autor verworfen und durch die vorliegende Formulierung ersetzt.

*Königszug*
(10.06.1911; T IV/1; EA 1f. – Mit diesem Gedicht wurden bislang sämtliche Goll-Ausgaben eröffnet.)

V. 6 weist in SB und T die Schreibung *Fahnenwimpeln* auf, V. 15 die Schreibung *Szepter.* In beiden Fällen orientiert sich die vorliegende Ausgabe an der Schreibung in EA.

*Das schöne Bild*
(Juni 1911; T III/147i; EA 89)
Die erste der beiden hier wiedergegebenen Fassungen folgt SB, die zweite T und EA.
In SB deutet das Schriftbild von V. 3 auf eine anfängliche Unentschiedenheit des Verfassers hin, *Legst* oder *Beugst das Haupt* zu formulieren; beide Varianten wurden schließlich verworfen und durch ein an den Rand geschriebenes *Lehnst* ersetzt.

*Meine Sehnsucht*
(Juni 1911; T III/57; EA 23)
In T und EA lauten die beiden Schlussverse:
*Einmal findet auf der hohen Flut / Boot zu Schwan. – Und dann ist alles gut …*

*Sehnsucht*
(Juli 1911; in T III/134 unbetitelt; unter dem Titel „Mit Blumen" in EA 72)
V. 1 in T und EA: *Ich schicke dir*
V. 2 enthielt in SB ursprünglich die Wendung: *betaut von*, wurde jedoch von Goll revidiert.
V. 3 in T und EA: *Die sagen dir: Liebste, ach, komme bald*
V. 5 in T und EA: *Ich warte deiner Nacht und Tag*

*Sturmlied*
(Juli 1911; T III/147j; EA 42)
In T und EA weist dieses Gedicht keine strophische Gliederung auf.

*Zur Hochzeit Wolfgang Burghausers*
(09.08.1911; T III/47; EA 65)
In Z trägt dieses Gedicht die Überschrift „Es kam ein Bote …", ist signiert, auf den Tag genau datiert und mit der Nachbemerkung „Zu Burghausers Vermählung" versehen. In SB trägt es den Titel „Zur Hochzeit Burghausers" und das Datum „August 1911"; dieser Titel wurde in EA verschlüsselt: „Zur Hochzeit B.'s". Die vorliegende Aus-

gabe folgt in der Titelgebung T, wo sie vom Autor eigenhändig vorgenommen wurde.

Wolfgang Burghauser (1883–1938), ein mit Goll befreundeter Beamter und Schriftsteller, Verfasser des in Windischgraz spielenden Heimatromans „Der Lehrer von Doberau. Eine bescheidene Geschichte aus einem stillen Tale“ (Salzburg: Kiesel 1930), Mitbegründer des ersten Steirischen Schriftstellerbundes 1928. Zum Curriculum Burghausers erhielt der Herausgeber von Dr. Gernot Obersteiner, Steiermärkisches Landesarchiv, die folgende Auskunft:

„Burghauser befand sich von 20. Dezember 1907 bis 30. September 1938 im Dienst der k.k. Statthalterei im Kronland Steiermark bzw. der Republik Österreich, ehe er am 1. Oktober 1938 in den Dienst des Deutschen Reiches überstellt wurde. Seine Funktionen lauteten Statthaltereipraktikant, Statthaltereikonzipist, Bezirkskommissär, Statthaltereisekretär, Regierungsoberkommissär, Regierungsrat und schließlich Oberregierungsrat. Mit letzterem Titel trat Burghauser auch in den Ruhestand. [...]

Wolfgang Burghauser war zweimal verheiratet. Die erste Ehe schloss er am 10. August 1911 mit Berta geb. Kellner, doch wurde diese Ehe geschieden. In Dispensehe wurde ihm am 22. Dezember 1919 Xenia geb. Janezic (geb. am 30. September 1883) angetraut.“

(Briefliche Auskunft vom 18. April 2012)

*Schwerer Sommer*
(22.08.1911; T III/133; EA 37)
Die erste Fassung folgt dem Wortlaut in SB, die zweite jenem in T, wo das Gedicht unbetitelt, und EA, wo es unter dem Titel „Hörst du die Menge“ zu finden ist. Die direkte Rede in V. 1 und 2 ist lediglich in der zweiten Auflage von EA mit Anführungszeichen markiert. Aus Gründen der besseren Lesbarkeit wurde diese Markierung übernommen.

*Marientag im September*
(09.09.1911; T IV/3; EA 4)
Dieses Gedicht trägt in SB den Titel „Marientag“, der in T von Goll eigenhändig mit dem Zusatz „im September“ versehen wurde. Die vorliegende Ausgabe orientiert sich in Titelgebung und Textgestalt an der Fassung in T, die sich mit jener in EA deckt.
V. 5 in SB: *Darin die zitternden Marienhaare*
Zwischen V. 11 und 12 in SB: keine Leerzeile.

*Am Abend*
(20.09.1911, Datierung nach Z; T III/137; EA 123)
V. 5 in SB: *meine ~~Flügel~~ Arme*; Z, T und EA: *meine Arme*
V. 7 in Z, T und EA: *Und zu den beiden*

*Wunsch am Morgen*
(September 1911; T III/56 und T III/147n; EA 22)
Alternativer Titel „Morgengruß"; er scheint in T III/56 und D auf und hat sich schließlich durchgesetzt. T III/147u zeigt ein anderes Bild: Hier ist der mit SB übereinstimmende Titel von Hand des Herausgebers der EA nachträglich gestrichen und durch „Morgengruß" ersetzt.

*Ein Zwiegespräch*
(20.09.1911, Datierung nach Z; T III/138; EA 47)
Das Gedicht hieß ursprünglich (in SB und T) „Der Blumenkranz". Dieser Titel wurde von Goll hier wie dort gestrichen und hs. durch den neuen ersetzt.
V. 1 in Z: *Wie bliebst du*; in SB und T gestrichen und durch *Was bliebst du* ersetzt.
V. 5 in Z: *den Lichterglanz*
V. 10 in Z: *Und kost' und küßt' mich gar!;* in SB und T ab *kost'* gestrichen und durch die vorliegende Fassung ersetzt, die der Textgestalt in EA entspricht.
Die jeweils ersten beiden Verse aller drei Strophen werden in Z, T und EA mit Anführungszeichen als direkte Rede markiert. Im Unterschied dazu findet sich in SB ein wohl durchdachter Einsatz von Frage-, Ausrufezeichen und Gedankenstrichen.

*Dein Bild*
(September 1911; T IV/7; EA 46)
V. 5 in D 48: *Zu<m> Glorienschein* – in EA übernommen
V. 7 in D und EA: *Du lächelst fremd, und deine Augen sagen*
V. 11 in T und EA: *Zu jenen kühlen*
In SB fehlt das Fragezeichen in V. 14; die vorliegende Ausgabe folgt hier T und EA.
In Z existiert eine unbetitelte, undatierte Vorstufe zu diesem Gedicht. V. 1 bis 10 decken sich weitestgehend mit den Fassungen in SB und T. Ausnahmen: *hold* statt *herb* in V. 3; *allzeit* statt *immer* in V. 8
Der Rest der Rohfassung in Z lautet ab V. 10:

*Von einer fernen Heimat muß ich träumen,*
*Die Friede heißt und Ruh und Feiertag,*
~~*Ach meine Sehnsucht breitet weiße Schwingen*~~
*Und nach den kühlen blauen Bergen sehn*
*Und meiner Sehnsucht weiße ~~Schwingen~~ Flügel breiten. – –*
*– Als tönte dir ein Lied aus ~~Sternenweiten~~ uferlosen Weiten*
*Stehst du und lauschst. Zwei blonde Knaben schmiegen*
*Sich eng an dich, als wollten sie dich halten …*

Über den Worten *Und nach* hat Goll bereits in kleiner Schrift die Variante *Zu jenen* angeführt, die sich in T und EA findet.

*Ein Brief*
(September 1911; T IV/8; EA 109)
V. 4 in EA: *schwarzen Astern*
V. 6 in T und EA: *nimmer froh*

*In ein Stammbuch*
(September 1911; T III/127; EA 96f.)
In T und EA unter dem Titel „Einem Mädchen ins Stammbuch".
V. 2 in T zunächst *sah*, vom Autor eigenhändig revidiert.

*Herbstliche Fülle*
(September 1911; T IV/5; EA 53)
In SB als drittes „Weingartenlied" eingetragen, in T von Goll eigenhändig umbenannt.
V. 1 lautete in SB ursprünglich: *Der Tag ist müde von dem Sichverschwenden*; in T ursprünglich: *Der Tag war müde vom Verschwenden*; beides wurde vom Autor durch die vorliegende Fassung ersetzt.
V. 2 in T zunächst: *Er schlief mit roten Wangen ein*; das Suffix *Kinder-* wurde vom Autor, in Übereinstimmung mit SB, hinzugefügt.
V. 3 in T zunächst: *meinen braunen Händen;* in SB: *meinen sonngebrannten Händen*; beides wurde gestrichen und durch die vorliegende Formulierung ersetzt.
V. 8 in SB und T: *aus dem gold und roten Laube*; hier folgt die vorliegende Ausgabe aus grammatikalischen Gründen der redaktionellen Schreibweise von EA.
V. 9 in SB: *mit ~~dieser~~ jener Hügelweite*; in T: *mit ~~jener~~ dieser Hügelweite*; EA folgt hier T.

V. 11 in T: zunächst mit SB identisch, dann vom Autor durch die Variante *daß dein Fuß darüberschreite* ersetzt. Diese Variante wurde in EA übernommen.
V. 12 in T und EA: *In dieser Nacht*

*Ballade*
(September 1911; T III/99; EA 103)
In T und EA fehlt die strophische Gliederung.
V. 5 begann in SB ursprünglich mit *Aus der dunklen*, und wurde vom Autor eigenhändig revidiert
V. 7 in T und EA: *in Schreck*

*Legende*
(02.10.1911, Datierung nach Z; T III/132; EA 24f.)
V. 4 in Z: *Vöglein*
V. 10 in Z, T und EA: *So ging er*
V. 14 in EA: *Erkannte ihn*; Z und T stimmen mit SB überein, die Änderung dürfte also redaktionellen Ursprungs sein.
V. 21 fehlt in Z
V. 25 in Z: *Fromm, scheu und ~~heilig~~ lieblich*

*In ein Stammbuch*
(Oktober 1911; bisher unveröffentlicht)

*Traurige Liebe*
(Oktober 1911; EA 70 bzw. 127)
Der zweite Teil erschien in allen Buchausgaben als selbständiges Gedicht unter dem Titel „Schließe die Augen zu".
Nr. I, V. 9 in EA: *Oh, wie kurz*
Nr. I, V. 12 in EA: *fließen immerzu*

*Zwei Vöglein*
(Oktober 1911; T III/147k; EA 128)
V. 3 in SB: Goll erwog offenbar die Formulierung *schöneres Land*, verwarf sie aber wieder und ersetzte sie eigenhändig durch den vorliegenden Wortlaut.

*Den Eltern*
(November 1911; T III/147l; EA 122)

In allen Ausgaben unter dem Titel „Den E … n".

*Geburtstagslied im Winter*
(26.11.1911; T III/147m; EA 88)

*Die Liebenden*
(28.11.1911; T III/139; EA 126)
V. 3 in T und EA: *himmlische Sterne*
V. 10 in T und EA: *Wegmüde Hand in Hand*

*Laß uns tief im Herzen tragen …*
(30. 11. 1911; EA 68)

*Wir sind*
(undatiert; T III/147o; EA 52)

*Mädchengebet*
(Dezember 1911; T III/141; EA 45)
V. 1 in T und EA: *Schütz' meinen Liebsten*
V. 4 in SB fehlerhaft: *sähe*
V. 8 in EA: *andern Frauen*; T stimmt mit SB überein.

*Weihnacht*
(Dezember 1911; T III/136; EA 40)
V. 5 in T und EA: *Doch*; in SB wurde *Doch* von unbekannter Hand mit Bleistiftschrift über den Vers geschrieben.
V. 7 in T und EA: *sel'gen*

*Lebenslauf – J. Fr. Schütz einen Gruß ins neue Jahr 1912.*
(undatiert; D 120; EA 121)

*Mädchenlied*
(undatiert, vermutlich Anfang 1912; T III/147p; EA 49)

*Die Skifahrer*
(undatiert, vermutlich Anfang 1912; T III/147q; EA 132)

*Grabschrift*
(13.04.1912; EA 135)

V. 8 in SB: *Laßt mich allein mit meinem kühlen Herzen*
V. 9 in SB: *das noch Atem holt*
V. 12 in SB: *Daß es nicht*
Am Ende von A1926 wird ein Faksimile dieses Gedichts wiedergegeben. Vorlage dürfte einer jener Handzettel gewesen sein, auf denen Goll einzelne Gedichte in Reinschrift festzuhalten pflegte, stets datiert und meistens auch signiert. Die vorliegende Ausgabe orientiert sich an diesem Faksimile und nicht an der Textgestalt in SB.

*Abschied*
(undatiert, vermutlich Frühling 1912; EA 134)

*Tiefe Stunde*
(undatiert, vermutlich Frühling 1912; T III/147v; EA 131)
V. 6 in T und EA: *Hältst du*

## III. Undatierbare Gedichte

Dieser Teil enthält ausschließlich Gedichte, die in Golls Handschrift nicht überliefert sind. Als Quellen dienen daher das Konvolut von Typoskripten T und die Druckvorlage D.

Die Titel, die viele dieser Gedichte in EA tragen – vielfach nur Repetitionen des Eingangsverses – wurden in die vorliegende Ausgabe nicht übernommen, in Übereinstimmung mit T, wo sie ausnahmslos ohne Titel stehen. Die Reihung der Gedichte nahm der Herausgeber nach thematischen Gesichtspunkten vor.

*

*Irgendwo*
(T III/83; D 33; A1926, S. 72)
Dieses Gedicht war für EA vorgesehen und wäre dort zwischen „Der erste Gruß im Morgenschweigen“ und „Tag ist schlafen gangen“ eingereiht worden, ist jedoch aus unbekannten Gründen ausgeschieden worden.

[*Unter eines Tages Summe*]
(T III/114; D 20; EA 19)
In EA dient V. 1 als Titel.

*Auf einen Fächer*
(T III/46; D o. Nr.; A1926, S. 84)

*Auf eine Karte*
(T III/112; D 58; A1926, S. 68, dort unter dem Titel „Weiße Redoute")
V. 4 weist in T die folgenden textgenetischen Spuren auf:
*War zum <weißen> Fest gekommen.*
Während diese Einfügung von Golls eigener Hand stammt, scheint die Umbenennung des Gedichts von fremder Hand erfolgt zu sein. Der neue Titel, „Weiße Redoute", in großer Schrift an den Beginn des Gedichts gesetzt, könnte von Julius Franz Schütz stammen; Vergleiche mit seiner Handschrift erhärten diese Annahme.
Dieses Gedicht war, noch unter seinem authentischen Titel „Auf eine Karte" für EA vorgesehen und wäre dort zwischen „Einem Mädchen ins Stammbuch" und „Zu Robert Michels Abschied" eingereiht worden, wurde jedoch aus unbekannten Gründen vor der Drucklegung ausgeschieden.

[*Über unsre Gläser her*]
(T III/100; D 100; A1926, S. 77, dort unter dem Titel „Augen schließen sich gelind")
Auch dieses Gedicht war bereits für EA vorgesehen.

[*Mich segnet gold'ner Wein*]
(T III/85; D 7; EA 6)
In EA „Sehnender Traum" betitelt.

[*Ein Walzer*]
(D 116; bisher unveröffentlicht)

[*Ein trüber, trüber Sonntag*]
(T III/111)

Heinz Kalmann = Heinrich Kalmann (1887–1948), Grazer Kriminologe und ein enger Freund Ernst Golls. Er verfasste zwei Gedenkartikel über den Dichter: Der erste erschien mit dem Untertitel „Ein Gedenkblatt zum 12. Juli" in der Grazer Morgenpost vom 10. Juli 1922, der zweite, ausführlichere in dem Sammelband „Südsteiermark – ein Gedenkbuch" (Graz: Moser 1925).

„Heinrich Kalmann war Mitarbeiter im Kriminologischen Institut der Uni Graz; er war also ein Kollege von Hans Gross, dem Leiter und Begründer der Grazer Kriminologie. Als Polizist war Kalmann u.a. für praktisch-kriminalistische Fragestellungen zuständig, er beschäftigte sich z.B. mit Brandlegungsapparaten und zog aus deren Bauart Schlüsse auf die intellektuelle und charakterliche Verfasstheit der Brandleger. Nach dem Tode von Hans Gross blieb Kalmann mit dem Grazer Institut in Fühlung, auch wenn Gross' Nachfolger Adolf Lenz, der „Erfinder" der intuitiven Kriminalbiologie, einen anderen wissenschaftlichen Weg als Gross eingeschlagen hat …"

(E-Mail-Auskunft von Dr. Christian Bachhiesl, Universität Graz, 2. Mai 2012; für die Ermittlung der Lebensdaten von Heinrich Kalmann dankt der Herausgeber Herrn Dr. Gernot Obersteiner).

*Rätsel*
(T III/88; D 9; EA 8)
T weist gegenüber D und EA eine etwas andere Interpunktion auf. Sie wurde hier übernommen.

[*Sieh, nun lacht uns wieder*]
(T III/48; D 18; EA 17)
In EA findet sich dieses Gedicht unter dem Titel „Wundersame Lieder"; V. 7 hat dort – und in allen späteren Ausgaben – die folgende Gestalt: *Gieße Gott uns wieder*.

[*Mit der Danaidenlast*]
(T III/81; D 46; EA 44)

[*Von Liebe und Seligkeit schwer*]
(T III/51; D 21; EA 20)
In EA unter dem – wohl redaktionellen – Titel „Am Abend".
In T existiert zu diesem Gedicht eine Variante (T 84).
In V. 2 heißt es dort *liebes Haus*, in V. 6 *meine Wünsche.*

*Pepo Marx von Ernst Goll und Adorata ein Namenstagsgruß!*
(T III/128; D 27; EA 27)
Der Titel weist in EA eine andere Wortfolge auf: *Ein Namenstagsgruß / an Pepo Marx von …*

Die Namen des Adressaten und der Absender sind in kleinerer Schrift, wie ein Untertitel, gesetzt.

Mit Pepo Marx ist der aus Graz stammende Komponist Joseph Marx (1882–1964) gemeint (mehr und Genaueres zu seiner Person in der einleitenden Lebenschronik); hinter der Chiffre *Adorata* verbirgt sich Golls Verlobte Berta Auer.

[*Der erste Gruß*]
(T III/82; D 32; EA 32)
In EA unter dem Titel „Der erste Gruß".

[*Tag ist schlafen gangen*]
(T III/130; D34; EA 33)
In EA wurde V. 1 als Titel über das Gedicht gestellt.

[*Und einmal leuchtet uns der frohe Tag*]
(T III/54; D 38; EA 36)
In EA diente abermals der erste Vers als Gedichttitel.
Von T und D abweichend ist in EA V. 11:
*Und was nur ist von Glücklichsein und Lachen.*

[*Ich weiß, wir haben uns vom Wald verirrt*]
(D 84; EA 86, dort mit der Überschrift „Wir haben uns vom Wald verirrt")
V. 2 in EA: *Zur lauten bunten Stadt.* (Diese Umstellung wurde von fremder Hand bereits in D markiert.)

*Jugend*
(T III/75; D 31; EA 31)

*Torinschrift*
(D 3; EA 3)
In manchen Ausgaben – so in A1926 und A1947 – mündet V. 2 in einen Doppelpunkt.

[*Kunst ist geträumtes Leben …*]
(T III/91; D 4; EA 3)
In EA unter dem Titel „Kunst und Glück"; er ist mit hoher Wahrscheinlichkeit redaktionell.

[*Manchmal ein bißchen träumen*]
(T III/86; D 10; EA 3)
In EA unter dem – vermutlich gleichfalls redaktionellen – Titel „Allzeit glücklich".

*Hochzeitslied*
(T III/110 und III/135; D 40; EA 38)
Der in D und EA wiedergegebene Text folgt im Wortlaut voll und ganz der Langversion (T 110), stellt ihr jedoch die ersten beiden Verse der Kurzversion (T 135) voran.
Die Spreizungen in V. 4 und 5 der abschließenden Strophe finden sich erst in EA und sind offenbar redaktionell. Zugunsten der besseren Lesbarkeit wurden sie in die vorliegende Ausgabe übernommen.

*Mit Weihnachtsgaben*
(D 13; EA 11)

*Zu einem Körbchen Schneerosen!*
(T III/73; D 50; EA 48)
In EA fehlt das Ausrufungszeichen am Ende des Titels.

*Opfer*
(T III/101; D 59; EA 56)

[*Und eine große Weihe ist in mir*]
(T III/50; D; EA 64)
In T III/50 findet sich von fremder Hand der Titel „Abendfriede" über das Gedicht geschrieben (Handschriftenvergleiche weisen in die Richtung des ersten Herausgebers, Julius Franz Schütz). Unter diesem Titel fand das Gedicht Eingang in EA.

[*Ich hebe mit taumliger Hand*]
(T III/79; D 68; EA 67)
In EA heißt dieses Gedicht „Sehnsuchtsland".

[*Sagen sie: Im Wein liegt Wahrheit?*]
(T III/80; D 67; EA 66)
In EA unter dem Titel „Sonnenklarheit".
V. 1 endet in D und EA mit einem Ausrufungszeichen.

*Märchen*
(T III/52; D 82; EA 83f.)

*Blüten*
(D 117; EA 118)

*Das Fenster*
(D 118; EA 119)

*Trauriges Lied*
(D 119; EA 120)
Die Hervorhebung in V. 9 wurde von D nicht in EA übernommen.

*Abschied*
(T III/104; D 99; EA 102)
Das Komma in V. 4, unmittelbar nach *Wir*, findet sich weder in T noch in D und dürfte eine redaktionelle Zutat sein. Es wurde aus Gründen der besseren Lesbarkeit in die vorliegende Ausgabe übernommen.

[*In des Mondlichts dunkelblauen*]
(T III/129; D 93; EA 95, dort, vermutlich vom Verlag oder vom Herausgeber, mit dem Titel „Erfüllung" versehen)

[*Schließe die Augen zu!*]
(D 126; EA 127, dort mit der Überschrift „Schließe die Augen zu")

*Das Licht*
(D 106; EA 108)

*Der Wanderer und der Tod*
(D 132; EA 133)

[*Wenn ich einst im kühlen Grabe*]
(T III/109; D 124; EA 125, dort unter dem Titel „Grabesblumen")

## IV. Fragmente aus dem Nachlass

*Quelle*

Alle unvollendeten bzw. fragmentarisch erhaltenen Arbeiten des Dichters, die hier ohne Ausnahme zum ersten Mal im Druck erscheinen, finden sich in seinem Nachlass in der Steiermärkischen Landesbibliothek unter der Signatur Hs. 459.

*

[*Lyrische Fragmente*]
(Verschiedene kleinformatige Blätter, teils liniert, teils unliniert, mit Bleistift oder Feder beidseitig beschrieben, ausnahmslos undatiert.)

*Misslingstrand* bezieht sich auf den Fluss Mißling (heute Mislinja), an dem Golls Heimatstadt Windischgraz liegt.

[*Die Lateinstunde*]
(Ein Blatt im Format DIN A4, unbetitelt und undatiert, beidseitig mit schwarzer Tinte beschrieben. Das Blatt trägt in der Mitte, horizontal und vertikal, starke Faltspuren. Dem Schriftbild nach zu schließen handelt es sich um ein Manuskript aus der Frühzeit des Autors.)

[*Nestl und Berta*]
(Sechs Seiten, liniert und mit Rand, herausgerissen aus einem Schulheft im Format DIN A5; eine Bleistifterstniederschrift mit zahlreichen Streichungen, unbetitelt und undatiert.)

[*Fragment einer Liebesgeschichte*]
(Vier gefaltete, unlinierte DIN A4-Blätter, unbetitelt und undatiert; eine mit schwarzer Tinte geschriebene Reinschrift in einem für Goll ungewöhnlich großen Schriftgrad. Die Textvariante ist mit blauer Tinte auf die erste Seite und den Beginn der zweiten Seite eines großformatigen, doppelt gefalteten Schreibbogens geschrieben.)

Bei dem Goethegedicht, dem in diesem Fragment tragende Bedeutung zukommt, handelt es sich um das populäre „Mailied". Goll lässt seinen Protagonisten die beiden Eingangsverse (*Wie herrlich leuchtet / Mir die Natur*) und die sechste Strophe dieses Gedichts (*O Mädchen, Mädchen / Wie lieb ich dich! / Wie blickt dein Auge! / Wie liebst du mich!*) paraphrasieren und nur den Wortlaut der beiden Schlussverse (*Sei ewig glücklich, /*

*Wie du mich liebst*) originalgetreu wiedergeben. Die Textvariante bezieht sich in erster Linie auf die Vertonung Beethovens aus dem Jahr 1805, im Rahmen seiner acht Lieder für Singstimme und Klavier op. 52.

Mit dem Sanntal ist das heutige Savinjatal in Slowenien gemeint. Zu Golls Zeit war es Teil der Steiermark.

[*Bericht einer Dirne*]
(Drei Blatt, beidseitig beschrieben, unbetitelt und undatiert; eine Arbeitsfassung, mit Feder in winziger Schrift festgehalten, auf den herausgerissenen Seiten eines Schulheftes, Format DIN A5, liniert und mit Rand.)

Der Umstand, dass diese drei abgerissenen Niederschriften ein und denselben auffällig niedrigen Schriftgrad aufweisen, einen Schriftgrad, wie er sich in keinem anderen der erhaltenen Manuskripte des Autors findet, dass sie auf demselben Papier und mit demselben Schreibmaterial entstanden sind, ließ vermuten, dass zwischen ihnen ein Zusammenhang besteht. Im Zuge ihrer Entzifferung stellte sich heraus, dass sie ein und denselben Tonfall aufweisen und auf ähnliche Weise perspektiviert sind. Sie zu einem kohärenten Ganzen zusammenzusetzen war nicht möglich; dennoch hat sich der Herausgeber dazu entschlossen, sie unter einen gemeinsamen Titel zu stellen.

[*Im Waldasyl*]
(Unbetitelt und undatiert, mit blauem Farbstift auf die Rückseite von fünf Telegrammformularen geschrieben.)

Eine interessante Konkordanz zu diesem Text findet sich in einem Brief Ernst Golls an seine Windischgrazer Vertraute Elsa Hofmann vom 9. Dezember 1905:

*„All das, Frühling und Sommer und Herbst geht nun zu Grab, um nie wieder, nie, nie wieder zu kommen – und wir armselig kleinen Menschen stehn dabei und möchten so gerne die Hände zwischen die Speichen legen und zurückhalten, was so rasenden Schwunges sich dreht und scheidet und müssen doch hilflos zusehen und verwinden. – Nur einmal noch durchleben, einen einzigen Zug aus all den verrauschten Wellen – zehn Jahre seines Lebens dahingeben oder mehr noch mehr, alles, was noch vor mir liegt – nur einen einzigen Tag … Vergebens. Angst und Weh und Sehnsucht und Tränen umsonst – unaufhaltsam fliehen die Tage, einer nach dem andern, und gerade die schönsten am schnellsten von allen. Und so geht es weiter, Tage, Wochen und Monde … unaufhaltsam, unwiderbringlich verloren … und einmal nach Tagen, Wochen und Monden – an Jahre mag ich gar nicht denken –*

*wird auch dieser Traum zu Ende sein und wird ebenso nicht aufzuhalten und unwiderbringlich verloren sein. Und dann, und dann?"*

[*Elsa oder Das Ende der Kindheit*]

Grundlage für den hier wiedergegeben Text sind vier Fragmente (A, B, C und D).

A : 20 Seiten eines Schulhefts, Format DIN A5, liniert und mit Rand;
B: acht Seiten derselben Art;
C: zwei gefaltete, unlinierte Blätter im Format DIN A4;
D: ein einzelnes, aus einem Schreibblock herausgerissenes Blatt im Format DIN A5.

Bei A bis C handelt es sich um eine Bleistifterstniederschrift mit zahlreichen Lücken und Streichungen, die in der vorliegenden Ausgabe nicht verschleiert, sondern möglichst authentisch wiedergegeben werden; bei D um die mit der Feder festgehaltene Skizze einer einzelnen Szene.

Keines der vier Fragmente weist das Schriftbild eines Theatertextes auf. Der Wechsel von einem Sprecher zum anderen wird kaum je markiert, Auftritt und Abgang der meisten Figuren werden nicht eigens angegeben. Regieanweisungen sind nur in sehr geringer Zahl vorhanden, und nur ein einziger Szenenwechsel – in Fragment B – wird explizit angezeigt. Alle anderen Szenenwechsel mussten aus dem Handlungs- und Gesprächsverlauf erst erschlossen werden.

Bei genauerer Durchsicht und schließlicher Wort-für-Wort-Transkription erwies sich das Fragment C als nahtlose Fortsetzung des Fragments A, das Fragment B wiederum als eine kleine Sammlung von Nachträgen und szenischen Ergänzungen zu A, mit entsprechenden metatextuellen Markierungen des Autors. Deshalb hat der Herausgeber diese drei Fragmente zu einer durchlaufenden Textstrecke vereinigt und das isoliert stehende Fragment D, das die in A bis C geschilderten Ereignisse zur Voraussetzung hat, an das Ende gesetzt.

## Der Herausgeber

Christian Teissl, geboren 1979, lebt in Graz. Nach abgeschlossenem Studium (Germanistik und Philosophie) ist er derzeit freier Mitarbeiter verschiedener österreichischer Tageszeitungen und Kulturzeitschriften. Er schreibt und veröffentlicht vorwiegend Lyrik, daneben aber auch erzählende und feuilletonistische Kurzprosa sowie literatur- und filmhistorische Essays. Er ist Vorstandsmitglied des Wiener Literaturkreises PODIUM und des Österreichischen P.E.N.-Clubs.

Neben der eigenen literarischen Arbeit widmet er sich der Herausgabe von Werken verschiedener österreichischer Lyrikerinnen und Lyriker des 20. Jahrhunderts und ist zudem Beiträger für das große Killy-Autorenlexikon.